Lo que te pertenece

Lo que te pertenece

GARTH GREENWELL

Traducción de
Javier Calvo

LITERATURA RANDOM HOUSE

Papel certificado por el Forest Stewardship Council®

MIXTO
Papel procedente de
fuentes responsables
FSC® C117695
www.fsc.org

Título original: *What Belongs to You*

Primera edición: septiembre de 2018
Primera reimpresión: septiembre de 2018

La primera parte de *Lo que te pertenece* se publicó originalmente, con importantes variaciones,
como la *novella Mitko* en junio de 2011 en Miami University Press

Printed in Spain — Impreso en España

ISBN: 978-84-397-3302-7
Depósito legal: B-17.166-2017

Compuesto en La Nueva Edimac, S. L.
Impreso en Cayfosa (Barcelona)

RH33027

Penguin
Random House
Grupo Editorial

Para Alan Pierson y Max Freeman
y para Luis Muñoz

1

MITKO

Que mi primer encuentro con Mitko B. terminara con una traición, aunque fuera pequeña, ya debería haberme puesto en alerta entonces, y eso a su vez debería haber mitigado mi deseo de él, o incluso haberlo eliminado por completo. Pero el sentido de alerta, en sitios como los lavabos del Palacio Nacional de Cultura, que fue donde nos conocimos, viene a ser un elemento coextensivo al aire, ubicuo e ineludible, hasta el punto de convertirse en parte misma de aquellos que habitan en él, y por tanto en parte esencial del deseo que nos lleva allí. Todavía estaba bajando la escalera cuando oí su voz, que al igual que el resto de él era demasiado voluminosa para aquellas estancias subterráneas y se salía de ellas como si emergiera de vuelta a la luminosa tarde, que, aunque estábamos a mediados de octubre, no tenía nada de otoñal; las uvas que colgaban maduras de las parras de toda la ciudad aún soltaban jugo caliente cuando las mordías. Me sorprendió oír a alguien hablar con tanta libertad en un lugar donde, siguiendo un código implícito, las voces rara vez se elevaban por encima de un susurro. Al pie de las escaleras le pagué mis cincuenta stotinki a una anciana que levantó la vista para mirarme desde su cabina, su expresión indescifrable al tomar mis monedas; con la otra mano se arrebujaba en un chal para protegerse del frío que allí dentro era constante, en cualquier época del año. Solo al acercarme al final del pasillo oí una segunda voz, no elevada como la primera, sino que respondía en un murmullo bajo. Las voces venían de la segunda de las tres estancias de los lavabos, donde podrían haber pertenecido a dos hombres que se estuvieran lavando las manos si las hubiera acompañado el sonido del agua. Me detuve a la altura de la primera estancia, observándome en los espejos que cubrían las paredes mientras escuchaba su conversación, aunque no podía entender ni una palabra. Solo había una razón para que aquellos hombres estuvieran allí: los lavabos del NDK (como llaman al Palacio) están suficientemente escondidos y tienen tal reputación que apenas son usados para nada más; y aun así cuando me giré hacia la estancia este motivo me pareció no concordar con la conducta del hombre que captó mi atención, que era cordial y desenvuelta, del todo pública en aquel lugar de intensas privacidades.

Era alto, flaco pero ancho de espaldas, con el pelo rapado al estilo militar tan popular entre ciertos jóvenes de Sofía que ostentan un estilo hipermasculino y un aire vagamente criminal. Apenas me fijé en el hombre que estaba con él, que era más bajo, obsequioso, con el pelo oxigenado y una chaqueta tejana de cuyos bolsillos no sacó en ningún momento las manos. Fue el más alto el que se giró hacia mí con aparente interés amistoso, libre de depredación o miedo, y aunque su mirada me pilló desprevenido me encontré respondiendo con una sonrisa. Me saludó con un complicado flujo de palabras, ante el cual solo pude negar con la cabeza con expresión confusa mientras estrechaba la enorme mano que me ofrecía, brindándole a modo de entrecortada disculpa y defensa las pocas frases que había practicado hasta la extenuación. Su sonrisa se ensanchó cuando se dio cuenta de que era extranjero, revelando un diente roto cuyo borde serrado (tal como descubriría más tarde) atormentaba obsesivamente con el índice en los momentos en que se quedaba abstraído. Incluso a unos pasos de distancia pude oler el alcohol que emanaba no tanto de su aliento como de su ropa y su pelo; aquello explicaba su desenvoltura en un lugar que, pese a toda su licenciosidad, estaba siempre vinculado a grandes inhibiciones, y explicaba además la singular inocencia de su mirada, que era decidida pero no amenazante. Volvió a hablarme, ladeando la cabeza, y en un batiburrillo de búlgaro, inglés y alemán establecimos que yo era estadounidense, que llevaba unas semanas en la ciudad y que iba a quedarme por lo menos un año, que era profesor en el American College, que mi nombre era más o menos impronunciable en su idioma.

A lo largo de nuestra incierta conversación ninguno de los dos hizo mención alguna al extraño lugar de nuestro encuentro, ni tampoco al uso que se le daba de forma casi exclusiva, de modo que mientras hablaba con él sentí una ansiedad compuesta a partes iguales de deseo y de inquietud por el misterio de su presencia y sus intenciones. Había también un tercer hombre, que entró y salió varias veces del cubículo más alejado, mirándonos fijamente pero sin acercarse ni decirnos palabra. Por fin, después de haber llegado al final de las presentaciones y después de que el tercer hombre volviera a meterse en su cubículo, cerrando la puerta tras de sí, Mitko (como lo conocía ahora) señaló en su dirección, me dedicó una mirada muy elocuente y me dijo *Iska*, él quiere, haciendo un gesto obsceno cuyo significado estaba claro. Tanto él como su compañero, a quien se refirió como *brat mi* y que no había hablado desde mi llegada, se rieron, mirándome como para incluirme en la broma, aunque por supuesto era tan objeto de su burla como el hombre que los escuchaba desde dentro de su cubículo. Estaba tan ansioso por unirme a su grupo que casi sin pensarlo sonreí y meneé la cabeza de lado a lado, con ese gesto que aquí significa tanto consenso o afirmación como cierta maravilla ante las bizarrías del mundo. Sin embargo, en la mirada que intercambiaron noté que mi intento de agregarme a ellos solo había aumentado la distancia entre nosotros. Para recuperar terreno, y tomándome un tiempo para disponer mentalmente las sílabas necesarias (que, a pesar de mis esfuerzos, casi nunca emergen como deberían, ni siquiera ahora cuando me dicen que hablo *hubavo* y *pravilno*, cuando noto sorpresa ante mi aptitud en un idioma que casi nadie que ya lo conozca se molesta en aprender), le pregunté qué estaba haciendo allí, en aquella estancia fría y con sensación de humedad. Por encima de nosotros todavía parecía verano, la plaza estaba llena de luz y de personas, algunas de ellas, en patines o monopatines o bicicletas tuneadas, de la misma edad que esos hombres.

Mitko miró a su amigo, a quien se refirió como su hermano aunque no eran hermanos, y cuando el amigo se dirigió hacia la puerta de entrada él se sacó la cartera del bolsillo de atrás. La abrió y cogió un paquetito cuadrado de papel satinado, una página arrancada de una revista y doblada muchas veces. Desdobló la página con cuidado, con las manos temblándole un poco, manteniéndola en equilibrio para evitar que el material suelto que había dentro cayera a la humedad y porquería que pisábamos. Adiviné lo que me iba a revelar, naturalmente; mi única sorpresa fue que hubiera tan poco, unas cuantas hojitas machacadas. Diez leva, dijo, y luego me sugirió que su amigo, él y yo, los tres, nos lo fumáramos juntos. No pareció decepcionado cuando rechacé su ofrecimiento; se limitó a volver a doblar meticulosamente el papel y a guardárselo en el bolsillo. Pero tampoco se marchó, como había temido que hiciera. Quería que se quedara, a pesar de que en el curso de nuestra conversación, que avanzaba a trancas y barrancas y que no podía haber durado más de cinco o diez minutos, se había hecho difícil imaginar que el deseo creciente que sentía por él tuviera alguna perspectiva de satisfacción. A pesar de toda su afabilidad, durante nuestra conversación parecía haberse distanciado de mí misteriosamente; cuanto más eludíamos cualquier proposición erótica, más definitivamente inalcanzable me resultaba, no tanto porque fuera muy guapo, aunque a mí me lo parecía, sino debido a algún rasgo suyo todavía más intimidatorio, una especie de seguridad o confianza en su cuerpo que sugería que estaba libre de cualquier duda o inseguridad, de cualquier pudor por existir. Daba sencillamente la impresión de aceptar su derecho a una parte de la generosidad del mundo, que de forma tan evidente le había sido negada. Miró a su amigo, que no se había movido para volver con nosotros después de que Mitko escondiera su minúsculo alijo, y después de intercambiar otra mirada el amigo nos dio la espalda, no tanto para vigilar la puerta, me pareció, como para dejarnos un poco de intimidad. Mitko volvió a mirarme, todavía amigable pero con una nueva intensidad, y luego ladeó un poco la cabeza y se llevó una mano a la entrepierna. Yo no pude evitar bajar la vista, por supuesto, como tampoco pude refrenar la excitación que estoy seguro que notó cuando mi mirada volvió a encontrarse con la suya. Se frotó los tres primeros dedos de la otra mano, haciendo ese gesto universal que significa dinero. En sus maneras no había ninguna seducción, ninguna muestra de deseo; lo que estaba ofreciéndome era una transacción, y no volvió a mostrar decepción alguna cuando de forma refleja y sin vacilar le dije que no. Era la respuesta que siempre había dado a tales proposiciones (inevitables en los lugares que frecuento), no debido a ninguna convicción moral sino por orgullo, un orgullo que se había ido debilitando durante los últimos años, a medida que comprendía que el paso del tiempo me estaba trasladando de una categoría de objeto erótico a otra. Pero en cuanto pronuncié la palabra me arrepentí al ver que Mitko se encogía de hombros y se apartaba la mano de la entrepierna, sonriendo como si todo hubiera sido una broma. Y luego, cuando finalmente se dio la vuelta para marcharse con su amigo, despidiéndose con un gesto de la cabeza, levanté la voz y dije *Chakai chakai chakai*, espera espera espera, repitiendo la palabra deprisa y con la misma inflexión que había oído usar a una anciana una tarde en un cruce cuando un perro callejero se aventuró entre el tráfico. Mitko se giró al instante, tan dócil como si nuestra transacción ya hubiera tenido lugar; tal vez en su mente ya la diera por hecha, como yo en la mía, por mucho que fingiera escepticismo ante el producto en oferta, intentando ejercer algo de control sobre la abrumadora excitación que sentía. Le miré la entrepierna y volví a levantar la vista, diciendo *Kolko ti e*, ¿cómo la tienes de grande?, la frase estándar, la primera pregunta siempre en los chats de internet que yo frecuentaba. Mitko no contestó, sonrió y entró en un cubículo y se desabotonó la bragueta, y mi pretendida vacilación se vino abajo en cuanto me di cuenta de que pagaría cualquier precio que me pidiera. Di un paso hacia él, alargando el brazo como para reclamar ya la mercancía, siempre se me ha dado fatal negociar o regatear, mi deseo es inmediatamente legible, pero Mitko se volvió a abotonar la bragueta, levantando una mano para mantenerme a distancia. Supuse que quería que le pagara, pero en cambio pasó rodeándome, diciéndome que esperara, y regresó a la hilera de lavamanos de porcelana, llenos de grietas y manchas. Entonces, con un candor físico que atribuí a la borrachera pero que pronto descubriría que era un rasgo inalienable, se sacó el largo tubo que era su polla de los vaqueros y se inclinó sobre la pileta del lavamanos para lavársela, retrayendo el prepucio y estremeciéndose al sentir el agua, que solo salía fría. Se pasó un buen rato antes de quedarse satisfecho, el primer indicio de una escrupulosidad que nunca dejaría de sorprenderme, teniendo en cuenta su pobreza y las precarias circunstancias en que vivía.

Cuando volvió le pregunté el precio del acto que deseaba, que era de diez leva hasta que abrí la cartera y encontré solo billetes de veinte, uno de los cuales me reclamó ávidamente. La verdad era que no me importaba, las cantidades me resultaban igualmente insignificantes; habría pagado el doble, y luego otra vez el doble, lo cual no significa que tuviera unos recursos particularmente amplios, sino que su cuerpo me pareció de un valor casi infinito. Me resultaba increíble que cualquier cantidad de aquellos billetes sucios pudiera dar acceso a aquel cuerpo, que después de una transacción tan simple pudiera alargar los brazos y tenerlo para mí. Metí las manos por debajo de la ajustada camisa que llevaba, y él me apartó suavemente para poder quitársela, desabrochándosela botón a botón y luego colgándola con cuidado del gancho de la puerta del cubículo que tenía detrás. Era más delgado de lo que había esperado, menos definido, y el pelo que cubría su torso había sido afeitado hasta dejar un vello hirsuto, de modo que por primera vez me di cuenta de lo joven que era (veintitrés años, descubriría) al ver su cuerpo de muchacho expuesto ante mí. Me volvió a indicar que me acercara con esa ceremoniosidad exagerada que adoptan algunos borrachos y que puede ir seguida, la idea nunca se alejó de mí por muy excitado que estuviera, de estallidos igualmente exagerados de rabia. Mitko me sorprendió entonces inclinándose hacia delante y poniendo su boca sobre la mía, besándome con generosidad, sin refrenarse, y aunque no había hecho nada que invitara a ese contacto, lo recibí con placer y le chupé con ímpetu la lengua, antiséptica por el alcohol. Sabía que él estaba fingiendo un deseo que no sentía, y estoy convencido de que estaba demasiado borracho para sentir deseo alguno. Pero siempre hay algo teatral en todos nuestros abrazos, pienso, mientras sopesamos nuestras reacciones frente a las que percibimos o proyectamos; siempre deseamos demasiado o no lo bastante, y respondemos en consecuencia. Yo también estaba interpretando, fingiendo que creía que su despliegue de pasión era una respuesta genuina a mi deseo, que no tenía nada de fingido. Como si intuyera estos pensamientos me abrazó con más fuerza contra él, y por primera vez capté, por debajo del más intenso y casi sofocante del alcohol, su olor, que se convertiría en la mayor fuente de placer que tendría de él y que buscaría (en el cuello y la entrepierna, debajo de los brazos) en cada uno de nuestros encuentros. Aquel olor puso fin a mis pensamientos, levanté una de sus manos por encima de la cabeza, interrumpiendo nuestro beso para pegar la cara bajo su brazo (estaba afeitado también ahí, la piel se sentía áspera contra mi lengua), sorbiéndolo como si estuviera obteniendo un alimento necesario de una fuente inadecuada. Después caí de rodillas y lo tomé con la boca.

Al cabo de unos minutos, mucho antes de haberme dado lo que me debía, la obligación contraída cuando tomó de mi mano un billete sucio de veinte leva, Mitko hizo un ruido fuerte y extraño, poniéndose tenso y apoyando las palmas de las manos en las paredes laterales del cubículo. Era una mala interpretación de un orgasmo, si es que era eso, y no solo porque durante los pocos minutos que llevaba chupándole no había mostrado la más mínima reacción. *Chakai*, le dije contrariado cuando se apartó de mí, *iskam oshte*, quiero más, pero no cedió, me sonrió y me hizo un gesto para que me echara hacia atrás, aún con cortesía, mientras se ponía la camisa que con tanto cuidado había colgado detrás de él. Me quedé mirándolo impotente, todavía de rodillas, mientras él llamaba a su amigo, de nuevo *brat mi,* y que le contestó desde la estancia exterior. Tal vez se había dado cuenta de que me había enfadado, y quería recordarme que no estaba solo. Se reacomodó la ropa, pasándose las manos por el torso para ceñírsela al cuerpo, y sonrió sin malicia, como si tal vez sintiera que sí me había dado lo que me debía. Finalmente descorrió el pestillo de la puerta y la cerró tras de sí. De rodillas, todavía saboreando el regusto metálico a agua del lavabo en su piel, sentí que mi rabia se esfumaba mientras me daba cuenta de que su ausencia no reducía mi placer, que aquello que constituía claramente una traición (teníamos un contrato, aunque no se hubiera firmado, no se hubiera puesto en palabras) solo había perfeccionado nuestro encuentro, permitiéndole a él hacerse todavía más presente, por mucho que me hubiera dejado solo apoyado en mis rodillas manchadas y permitiéndome a mí, con toda la libertad de la imaginación, hacer de él lo que quisiera.

Vi a Mitko varias veces durante las siguientes semanas, y después de nuestro tercer o cuarto encuentro decidí invitarlo a mi apartamento. Lo quería para mí solo, sin el público que tan a menudo teníamos en el NDK, donde los hombres pululaban al otro lado de la puerta del cubículo o pegaban el oído a las paredes, como yo mismo había hecho también cuando me contaba entre los no elegidos. Quería más tiempo y más intimidad con Mitko, pero también estaba intranquilo, y me daba cuenta de lo insensato de llevar a aquel semidesconocido a casa. Recordé la advertencia de un hombre que me había invitado, después de conocernos en los lavabos, a tomar café en la enorme cafetería del edificio principal del Palacio. En estos chicos, me dijo, no se puede confiar, averiguarán quién eres, se lo contarán a la gente de tu trabajo, a tus amigos, te robarán... Y de hecho me habían intentado robar, en una ocasión lo habían conseguido y en otra le había agarrado la mano a un joven mientras la sacaba de mi bolsillo, tras lo cual se me quedó mirando con expresión espantada, pobre chico, y huyó. El resto de la advertencia de aquel hombre cayó en saco roto, dado que apenas tenía nada que perder con aquellas revelaciones: nadie se sentiría traicionado, nada se malograría por contar secretos que apenas me había molestado en esconder; nunca se me ha dado bien esconder nada, mi naturaleza tiende a la confesión. Mitko y yo ya habíamos tenido sexo; fue después, sentado en un banco bajo el sol, que seguía calentando a pesar de que ya era noviembre, las uvas se habían marchitado en los emparrados, cuando decidí volver a bajar a los lavabos y hacerle mi propuesta. Quedamos para la noche siguiente, y a él se le iluminaron los ojos al ver mi teléfono, que saqué por primera vez en su presencia para apuntar su número. Me lo quitó de la mano, solo cuando lo tuvo en la suya me dijo *Mozhe li*, ¿puedo?, y mientras lo veía recorrer las distintas funciones y pantallas me acordé de aquella advertencia.

Pero la intranquilidad no bastó para disuadirme, y a la tarde siguiente, al acabar las clases, me fui al centro a toda prisa. Había quedado con él en el NDK, donde me lo encontré en un corro con tres o cuatro hombres más, junto a la pared más alejada de la entrada de los lavabos. En cuanto aparecí se dispersaron, pese a que no me acerqué a ellos sino que me quedé torpemente en el umbral. Mitko, que estaba de espaldas, se giró y me sonrió, ofreciéndome la mano y al mismo tiempo dirigiéndome fuera de aquella estancia y lejos de sus amigos (si es que lo eran) en dirección a la plaza de arriba. Mientras subíamos la larga escalera, alejándonos de aquellas estancias que siempre me habían parecido demasiado pequeñas para él, su cuerpo, su voz y su afabilidad constreñidos por los azulejos húmedos de las paredes, experimenté, junto con la excitación que ya había anticipado, una felicidad totalmente inesperada. *Kak si*, le pregunté mientras cruzábamos el parque del NDK, cómo estás, y él me enseñó los nudillos de su mano derecha, que estaban despellejados y en carne viva, las heridas aún recientes. Me dijo que se había enzarzado en una pelea con otro hombre allí abajo, aunque las razones no me quedaron claras. Le cogí un momento la mano, mirándole las pequeñas heridas que le daban un aspecto al mismo tiempo feroz y vulnerable, y me imaginé que se las curaba, aplicándole pomada y después llevándomelas a los labios. Pero esa clase de ternura no formaba parte de nuestros encuentros y estaba especialmente fuera de lugar ahora, mientras él recreaba su pelea con rápidos puñetazos al aire. Bajamos por el bulevar Vasil Levski, las largas piernas de Mitko devorando el pavimento mientras yo me esforzaba por no quedarme atrás, y él hablaba sin pausa, de cosas que me resultaban comprensibles solo a ratos. Por primera vez le pregunté dónde vivía y él me contestó *S priyateli*, con amigos, un término que usaba a menudo y que yo nunca estaba seguro de cómo interpretar, ya que además de sus significados habituales Mitko lo usaba para referirse a sus clientes. Me quedó claro, mientras luchaba por entender su flujo de palabras (puntuadas a menudo por la expresión *razbirash li*, ¿me entiendes?), que Mitko iba y venía de acá para allá, durmiendo a veces con aquellos amigos y otras veces caminando por las calles hasta que amanecía. Cuando hacía mal tiempo podía ir a un cuartito en un desván del que un amigo le había dado la llave (*Edna mansarda*, dijo, dibujando con las manos la forma de un tejado), donde había un colchón pero no calefacción ni agua corriente.

Hablar de ciertas cosas parecía poner nervioso a Mitko, y cambió de tema para decirme que, aunque lo había encontrado en el NDK, donde se había pasado gran parte del día, se había estado reservando para nuestro encuentro. Mientras decía esto me miró de reojo (*Razbirash li?*) y sentí una oleada de excitación. Mitko también parecía impaciente, lleno de una energía que lo impulsaba hacia delante, y mientras caminábamos por Vasil Levski en dirección a Graf Ignatief, cruzando innumerables calles y callejones, más de una vez tuve que agarrarlo del brazo y, diciéndole *Chakai chakai chakai*, tirar de él para apartarlo del tráfico. Cuando giramos por Graf Ignatief, se paró delante de las muchas tiendas de artículos electrónicos y casas de empeños, evaluando los artículos expuestos en los escaparates. Me sorprendió cuánto sabía de aquellos teléfonos y tabletas, salpicaba sus monólogos con los términos en inglés de las características de los dispositivos, píxeles, tarjetas de memoria y duración de la batería, informaciones que debía de haber obtenido de los anuncios y folletos que cogía en cualquier sitio. Intenté meterle prisa, impaciente por llegar a casa e incómodo por lo que cada vez más parecían insinuaciones, especialmente cuando me dijo que su teléfono actual, un modelo que claramente aspiraba a mejorar, había sido un regalo de uno de sus amigos. Aquella palabra, *podaruk*, regalo, reaparecería una y otra vez en su conversación durante el resto de la velada, aplicada, al parecer, a casi todo lo que poseía.

Por fin llegamos al final de Graf Ignatief, y mientras nos acercábamos al pequeño río que rodea el centro de Sofía, en realidad poco más que una zanja de desagüe, Mitko dijo *Chakai malko*, espera un poco, y se bajó de la acera en dirección a la escasa vegetación de la margen del río. Seguí caminando unos cuantos pasos, luego me giré para mirarlo, aunque apenas pude distinguirlo (había oscurecido, la noche otoñal había caído mientras caminábamos) plantado en la orilla y orinando en el agua. Parecía completamente indiferente a los transeúntes y al denso tráfico de las calles más populosas de Sofía; y cuando me pilló mirándolo, me sacó la lengua y se sacudió la polla con la mano, trazando altos arcos de orina sobre el agua, que brillaban por las luces de los coches que se acercaban. Era un gesto tan inocente, tan lleno de irreverencia infantil, que me sorprendí sonriéndole estúpidamente, lleno de una benevolencia que me hizo ir flotando hacia la estación de metro y durante nuestro corto trayecto a casa. En Sofía solo había una línea de metro (aunque había más planeadas y se habían cavado grandes zanjas en varios barrios de la ciudad), y durante las horas punta daba la impresión de que la población entera estaba viajando bajo tierra, alternativamente tragada y regurgitada por aquellas puertas que se cerraban. En el metro a Mladost no quedaban asientos libres, y Mitko y yo viajamos de pie, a cierta distancia el uno del otro, en medio de la presión de los cuerpos. Mitko estudiaba los planos sobre las puertas, mirando cómo se iban iluminando las estaciones a medida que pasábamos por ellas, pero de vez en cuando me echaba un vistazo, como para asegurarse de que seguía allí o de que mi atención continuaba fija en él, y ahora su mirada no era inocente, ni mucho menos; era una mirada que me individualizaba, una mirada llena de promesa, y bajo su calor me sentí nuevamente atrapado por el placer y la vergüenza, y también por una excitación tan portentosa que tuve que apartar la vista.

Cuando emergimos en la última parada del metro, Mladost 1, saliendo con el torrente de pasajeros que se derramaba sobre el bulevar Andréi Sajárov, me sorprendió ver que Mitko conocía bien la zona. En cuanto se orientó, señaló hacia uno de los *blokove*, los tristes complejos de apartamentos soviéticos que flanquean el bulevar por ambos lados, y dijo que allí vivía uno de sus *priyateli*. Como sucedía siempre que estábamos juntos, me frustraba la fragmentariedad de lo que entendía de su discurso, en parte por culpa de mi precario búlgaro y en parte porque él seguía hablando en una especie de código, de modo que rara vez entendía exactamente la naturaleza de las relaciones que me describía ni por qué terminaban como lo hacían. Nunca había conocido a nadie que combinara tanta transparencia (o la apariencia de transparencia) con tanto misterio, de forma que parecía al mismo tiempo sobreexpuesto y escondido tras defensas impenetrables. Permanecimos en silencio mientras caminábamos hacia mi edificio, los dos pensando quizá en lo que nos aguardaba allí. En mi calle, que se distinguía de las vecinas por su relativa prosperidad, Mitko se dirigió a una tienda para comprar alcohol y cigarrillos, un lugar en el que yo paraba a menudo; la gente que trabajaba allí me conocía, y me pregunté incómodo qué pensarían cuando nos vieran juntos. Mitko entró primero y plantó las palmas de las manos sobre el mostrador de cristal, haciendo que el dependiente se pusiera tenso, y luego se inclinó para mirar las botellas más caras expuestas en la pared de atrás. Examinó varias, pidiendo repetidamente al hombre, cada vez más exasperado, que se las pasara por encima del mostrador para poder leer las etiquetas. Escogió la botella de ginebra más cara, junto con un refresco barato de naranja para acompañarla, y luego me cogió la bolsa para subirla por los tres tramos de escaleras hasta mi apartamento. Vivía en un agradable piso de dos habitaciones proporcionado por la escuela, un dato que intenté comunicarle a Mitko cuando me di cuenta de que pensaba que era mío. No tengo tanto dinero, le dije, deseando dejar clara la modesta realidad de mis recursos, pero recibió mi afirmación con escepticismo, incluso incredulidad. Pero si eres estadounidense, dijo, todos los estadounidenses tienen dinero. Objeté diciéndole que era profesor, que a duras penas cobraba un sueldo decente; pero era inevitable que lo pensara, habiendo visto mi ordenador portátil, mi móvil, mi iPod, signos de confort y no exactamente de riqueza en Estados Unidos que aquí son artículos de un cierto lujo.

Mitko dejó la bolsa con las botellas en la encimera de la cocina y abrió los armarios de arriba en busca de un vaso. Me acerqué a él por detrás y deslicé las manos por debajo de su camisa, pegando la boca a su cuello, pero él se zafó con un movimiento de los hombros, diciéndome que teníamos tiempo de sobra para eso, primero quería tomarse una copa. Cogió su vaso grande de ginebra con naranja y abrió la puerta del balconcito que tienen aquí todos los apartamentos. Se quedó allí un rato, bebiendo y contemplando la calle donde vivo, a la que al parecer nunca han puesto nombre. Ninguna de las calles secundarias de Mladost tiene nombre, aunque en el centro la historia entera de la nación, sus victorias y derrotas, los muchos agravios y los pequeños orgullos de un país pequeño, están representados en los nombres de avenidas y plazas. Aquí en Mladost son los *blokove*, las enormes torres residenciales, los que lo anclan a uno en el espacio, cada uno con su número individual marcado en los planos de la ciudad. Mientras Mitko miraba la calle le pregunté a qué se dedicaba, con lo cual me refería a qué se había dedicado en el pasado, antes de recurrir por la razón que fuera a sus *priyateli*. Estaba fumando un cigarrillo, por eso había salido al balcón, aunque a medida que avanzaba la noche su consideración fue remitiendo, y a la mañana siguiente tuve que recoger del suelo varios montoncitos de ceniza gris. Por medio sobre todo de gestos, me comunicó que había trabajado en la construcción, escenificando con sus manos heridas los movimientos de su oficio, llegando incluso a dar unos cuantos pasos como si caminara sobre una viga suspendida, manteniendo el equilibrio contra el viento. Tardé un momento en darme cuenta de que aquellos movimientos, que me resultaban extrañamente familiares, eran los mismos con los que mi padre, en mi infancia, nos hacía reír a menudo contándonos historias del único verano que había pasado trabajando en la construcción en Chicago, recién salido de su granja en Kentucky, para pagarse la matrícula de la facultad de derecho y de ese modo, entre otras cosas, poder adquirir mi vida.

Mitko me contó que era de Varna, una bonita ciudad portuaria de la costa del mar Negro y uno de los centros del asombroso boom económico del que Bulgaria había disfrutado brevemente, antes de, como había sucedido en gran parte del mundo, venirse abajo de repente y aparentemente sin previo aviso. Había habido algunos años buenos, dijo Mitko, había ganado bastante dinero, y con súbita urgencia me llevó a rastras desde el balcón hacia la mesa donde había dejado mi ordenador. En cuanto lo abrió, emitió un sonido de consternación ante el estado en que lo tenía, con la pantalla llena de polvo; *Mrusen*, dijo, sucio, en el mismo tono de voz que usaría más tarde en respuesta a mis peticiones, un tono de burla y desaprobación pero también de indulgencia, como detectando un defecto que estaba en su poder explotar o reparar. Se levantó y se acercó a la encimera de la cocina, donde abrió un par de armarios y luego un tercero antes de que yo comprendiera lo que estaba buscando y sacara el bote de limpiacristales de debajo del fregadero. Dejó su bebida (el vaso grande casi vacío) sobre la mesa que tenía al lado y se puso el ordenador en el regazo, casi acunándolo, y con un pañuelo de papel humedecido se puso a limpiar la pantalla, no de forma descuidada y presurosa, como yo lo habría hecho cuando finalmente me hubiera molestado, sino tomándose su tiempo, aplicándose con una meticulosidad que nunca habría pensado que requiriera. Pasó al teclado, casi tan sucio como la pantalla, y luego cerró el aparato y con el quinto o sexto pañuelo de papel limpió la carcasa de aluminio. *Sega*, dijo con satisfacción, ahora sí, y puso de nuevo el ordenador sobre la base elevada, complacido de haberme prestado un servicio. Volvió a abrirlo y navegó hasta llegar a una página web búlgara, una red social para adultos que yo sabía que era popular entre hombres gays. Quería enseñarme las fotos de su perfil, que amplió hasta que llenaron la pantalla. Esto es de hace dos años, dijo mientras yo miraba al joven de la imagen, plantado en el bulevar Vitosha con una bolsa de una de las tiendas caras de allí, dedicando una sonrisa radiante a quienquiera que sostuviera la cámara, mostrando sus dientes intactos. Me impactó la diferencia entre las dos caras, el hombre de la imagen y el que estaba a mi lado; no solo era el diente sin romper, sino también la cabeza sin rapar, el pelo espeso y castaño claro, con un corte convencional. No había nada en él rudo o amenazador; parecía un buen chico, un chico que podría haber estado en mi clase en la prestigiosa escuela donde enseñaba. Parecía casi imposible que pudieran ser la misma persona, aquel próspero adolescente y el hombre que tenía a mi lado, o que un tiempo tan corto pudiera haber producido tanta diferencia, y me sorprendí mirando repetidamente a la pantalla y después a Mitko, preguntándome cuál de las dos caras era más verdadera, y cómo se había perdido o adquirido.

Mira, dijo Mitko, señalando mientras me enumeraba las marcas de lo que a mí me parecían prendas de ropa completamente anónimas: unos vaqueros, una chaqueta, una camisa; también un cinturón; también unas gafas de sol. Incluso recordaba los zapatos que llevaba aquel día, aunque no eran visibles en la pantalla; tal vez fueran unos zapatos especiales, o tal vez fuera un día especial. *Hubavi*, dijo, una palabra que significa encantador o bonito, y luego, toqueteándose el cuello de la camisa, *mrusen*, y se quitó aquella indigna camisa y se giró hacia la pantalla con el torso desnudo. Me incliné hacia delante (me había sentado a su lado) y le besé el hombro, un beso casto, una expresión de la tristeza que sentía por él, quizá, aunque no era tristeza lo único que sentía, con su torso ahora desnudo junto a mí.

Me miró, sonriendo ampliamente, con la misma sonrisa que en la fotografía o casi la misma, aunque no se parecían en nada, una transformada –era asombroso hasta qué punto– por el diente roto, la prueba de que algo había ocurrido. Inclinó su cabeza hacia la mía, pero no para darme el beso que yo esperaba; en vez de eso, de forma rápida y sorprendente, juguetonamente y sin asomo alguno de seducción me lamió la punta de la nariz, luego volvió a lo que estaba haciendo. Había muchas más fotografías, el hombre joven en una sucesión cambiante de escenas: aquí en la playa, aquí en la montaña, siempre con la ropa informal de la que tan orgulloso estaba, el uniforme genérico de los jóvenes estadounidenses adinerados, el contenido de interminables percheros de interminables centros comerciales de las zonas residenciales.

Luego había fotografías en las que no llevaba nada, ladeándose en poses de exhibición erótica difíciles de reconciliar con el gesto dulcemente inocente que me acababa de dedicar. En una de esas fotos se veía a Mitko tumbado en una cama, sobre un costado, su largo cuerpo extendido y ofrecido por entero al objetivo. Tenía la polla dura y con una mano la dirigía también hacia la lente, punto focal y elemento central de la fotografía. Aquí no sonreía, su expresión era seria, como casi siempre lo es en las fotografías de esas páginas web; he pasado noches enteras ojeándolas, experimentando una extraña mezcla de expectación y tedio, cada clic una promesa de novedad que nunca se cumplía. Incluso sin la sonrisa, la mirada de Mitko tenía tal intensidad que me convenció de que aquella cámara, también, estaba siendo sostenida por alguien importante, alguien capaz de suscitar aquella expresión; y la eficacia de la fotografía (si yo estuviera ojeando fotografías me habría detenido en aquella, aquel joven habría captado mi atención) residía precisamente en aquella mirada que, aunque no fuera dirigida a ninguno de los hombres que pudiéramos estar examinando aquellas páginas, aun así podríamos reclamar para nosotros. Ahora intenté reclamarla, me giré hacia Mitko y le puse la mano en el interior del muslo y me incliné otra vez para besarle el cuello; las fotos me habían excitado, quería apartarlo del ordenador. *Chakai*, dijo, *imame vreme*, tenemos tiempo, quiero enseñarte otra cosa. Hizo clic en otra foto y comprendí que no me había equivocado, había habido alguien detrás de la cámara: un joven de la misma estatura y constitución que Mitko, con el mismo corte de pelo y el mismo tipo de ropa. Iban los dos completamente vestidos, lo cual solo conseguía que su abrazo resultara más erótico, y su atención estaba plenamente centrada en el otro; ahora no había nadie detrás de la cámara, la sostenía Mitko, uno de cuyos brazos se extendía extrañamente hacia nosotros, hacia mí y hacia aquel otro Mitko que estaba mirando conmigo. Su otro brazo estaba rodeando al muchacho, que a su vez tenía los dos brazos en torno a él; parecían haber alcanzado un equilibrio en el deseo, la urgencia y la avidez que sentían el uno por el otro. Resultaba tentador pensar que no había nada de teatral en aquel beso, que era completamente sincero; y sin embargo la misma lente que me daba acceso a aquel abrazo lo convertía en una pose, de tal forma que aun cuando su público fuera solo hipotético, incluso si solo fueran una versión posterior de sí mismos, posterior en un año o en una hora, aquella lente convertía su abrazo, por apasionado que fuera, en una puesta en escena.

Entonces Mitko, el Mitko que estaba sentado a mi lado, dando largos tragos del vaso que acababa de rellenarse, puso un dedo en la pantalla, un dedo manchado por los cigarrillos (*mrusen*) y aplanado por el trabajo manual, ancho y sin gracia, con las heridas recientes todavía frescas en el nudillo. Julien, dijo, el nombre del otro, y me contó que había sido su primer *priyatel*, usando ahora la palabra en un sentido claro, su primer novio y, siguió contándome, su primer amor. Había más fotos, siempre los dos solos, uno u otro sosteniendo la cámara en un ángulo forzado. Eran muy jóvenes aquellos muchachos de las fotos, prácticamente unos niños, y aun así, pese al ansia que mostraban el uno por el otro, era como si estuvieran documentando algo que sabían que no podía durar. Obviamente nadie estaba al corriente en su pequeña ciudad de lo que había entre ellos dos, ni sus familias ni sus amigos, ni siquiera los desconocidos que pasaban por la calle, ya que ninguna de las fotos estaba tomada en exteriores. Aparte de aquellas fotografías, aquellos recuerdos digitales que él estaba ojeando ahora, nada habría sobrevivido de aquellos abrazos que pese a todo su ardor habían llegado a su fin. ¿Dónde está ahora?, le pregunté a Mitko, inundado de ternura y deseando acceder a una mayor intimidad con él. Me contestó sin mirarme, haciendo clic en una imagen tras otra, pasándose la mano distraídamente por el pecho. Era maestro, me contó Mitko, se marchó a estudiar al extranjero y ahora vivía en Francia, huyendo de su país junto con (pensé) casi todo el mundo que tuviera talento o medios para hacerlo. Así pues, de aquellos dos hombres abrazados en la pantalla, uno se había marchado, sustentado por el talento o por los medios o por ambas cosas, y el otro se había quedado y de algún modo se había transformado de un muchacho de aspecto próspero en el hombre más o menos sin hogar al que había invitado a mi casa.

Como si intuyera mi tristeza y la compartiera y quisiera darle voz, Mitko abrió una página nueva, una web búlgara de vídeos musicales, donde uno podía encontrar casi de todo, las leyes de propiedad intelectual no significaban gran cosa allí. Música, dijo Mitko, quiero que escuches algo, y tecleó el nombre de una cantante francesa, alguien de quien nunca había oído hablar y cuyo nombre se me escapa ahora, en un buscador que dio como resultado una cantidad considerable de archivos. Mitko recorrió varias páginas en busca del vídeo de una canción que había compartido con Julien, que habían escuchado y amado juntos. Todas las imágenes de presentación mostraban a una mujer frágil tenuemente iluminada, sosteniendo un micrófono entre las manos juntas a modo de plegaria. Tal vez fueran todos vídeos del mismo concierto, o tal vez el sencillo vestido blanco y largo hasta el suelo que llevaba en todos ellos fuera una especie de rasgo distintivo. Mitko encontró el vídeo que buscaba, y cuando empezó me sentí conmovido ante la idea de que me estuviera permitiendo acceder a una vivencia privada y por tanto a la intimidad que anhelaba con él, y que aquella música, tan conectada con su pasado, permitiera que esa intimidad fluyera entre nuestros dos idiomas. Y sin embargo, mientras contemplaba a aquella mujer, que era hermosa con una especie de belleza vacua, empecé a sentirme cada vez más repelido por lo que me pareció una farsa transparente y completamente burda. Cantaba en un susurro estrangulado, afectando una inmensa devastación, solemne y fotogénica, y al final de un pasaje particularmente trágico rompió en lo que me pareció un llanto obviamente ensayado, bajando el micrófono con gesto de derrota. De vez en cuando, la cámara (era una filmación profesional, una elaborada grabación del concierto) se posicionaba sobre el hombro de la cantante, forzándonos a empatizar todavía más con ella mientras compartíamos su perspectiva de los miles de fans que se perdían en la oscuridad. Al ver sus lágrimas estallaron en una especie de éxtasis, emitiendo un sonido colectivo mezcla de aflicción y placer. Ah, decía aquel sonido, por fin una vida llena de trascendencia, la vida real que nos libera de nosotros mismos.

Aquellos pensamientos me alejaron del momento que estaba compartiendo con Mitko, y me hicieron sentir que yo también estaba siendo engañado, atraído hacia un sentimentalismo del todo inapropiado para lo que era, a fin de cuentas, una transacción. Mientras Mitko seguía mirando con ternura la pantalla, una mirada que ahora sospechaba que era artificial, calculada y astuta, me levanté, puse las manos sobre sus hombros y de nuevo me incliné para acercar la cara a su cuello. *Haide*, dije, vamos, saboreándolo y tirándole de los hombros. Al principio intentó hacerme esperar otra vez, dijo que podíamos tomárnoslo con calma, que la noche era joven; contaba con tener un sitio donde pasar la noche, y sin duda había vivido situaciones en las que había visto cómo le retiraban su hospitalidad hombres cuyo deseo se disolvía inmediatamente en asco. Pero insistí, queriendo afirmar algo, establecer los términos de la velada, reclamar, finalmente, la mercancía que había contratado, por decirlo de forma brutal; también era brutal lo que quería. Cuando vio que no estaba dispuesto a postergarlo más, Mitko se volvió dócil, hasta entusiasta; se levantó de la silla, me puso los brazos alrededor del cuello, luego dio un brinco rodeándome el cuerpo con las piernas. Nunca había sentido su peso, él siempre había estado de pie en nuestros encuentros sexuales, y me sorprendió lo liviano que era mientras lo llevaba de la cocina a la cama. Lo dejé sobre el lecho y se estiró, extendiendo los brazos a los lados, como en gesto de bienvenida, y la nueva severidad que había adoptado se vino abajo; ahora el dócil era yo, convirtiéndose aquella docilidad, finalmente, en lo que había adquirido. La habitación estaba a oscuras, pero aún podía verlo gracias a la luz procedente del pasillo y de la ventana, el resplandor de los letreros de neón y las farolas, y me quedé mirándolo sin moverme, como si ahora que me había dado permiso no me decidiera a tocarlo. Me sonrió, o sonrió a lo que veía en mi cara, y entonces alargó el brazo y me atrajo hasta su boca, que sabía dulce por el refresco. Dejó la mano en mi cuello, y después de besarnos me apartó la cara y me empujó la cabeza hacia abajo; ya la tenía dura, nuestro beso le había causado el mismo efecto que a mí. Pero yo no era tan dócil después de todo, sacudí la cabeza para liberarla, y luego le cogí las manos con las mías, tal como había imaginado, aquellas manos heridas, y me las llevé a los labios. Volvió a sonreírme, ladeando la cabeza un poco confuso ante la demora, pero no me demoré mucho, y abrió las piernas mientras yo bajaba la boca hasta su polla, agarrándole las caderas con las manos como si fuera el borde de una copa de la cual bebí.

Se había equivocado al temer (si lo había temido) que querría echarlo en cuanto saldáramos nuestras cuentas, por así decirlo, que lo obligaría a volver al centro a vagar por las calles. Quería que se quedara, quería echarme a su lado, tocarlo ya sin pasión pero con ternura, así que me sentí decepcionado y hasta dolido cuando se levantó de un salto de la cama, como ansioso por escapar. ¿Todo bien?, preguntó, *vsichko li e nared*, y después se alejó desnudo por el pasillo y regresó al ordenador mientras yo volvía a vestirme. Oí el rumor de más ginebra vertiéndose, luego el presionar de las teclas, luego el característico campanilleo ascendente de Skype al abrirse. Fui junto a él, y observé cómo Mitko iniciaba la que iba a ser una larga serie de conversaciones por internet, chats de voz y vídeo con otros hombres jóvenes. Me senté en una silla a cierta distancia detrás de él, desde donde podía ver la pantalla pero sin aparecer en el encuadre. Todos aquellos hombres parecían estar hablando en cuartos a oscuras, en voces susurradas, me di cuenta, para evitar molestar a sus familias, que dormían (ya era tarde, la una o las dos de la madrugada) en la habitación de al lado. Muchos de ellos existían únicamente en forma de caras, que era lo único que se podía ver dentro del pequeño círculo de luz de una bombilla solitaria. Saludaban a Mitko con afecto, con familiaridad, aunque más adelante me enteraría de que a la mayoría nunca los había conocido en persona, que su amistad se reducía a esos encuentros incorpóreos. Mientras escuchaba a aquellos hombres, todos los cuales vivían fuera de Sofía, muchos en pueblecitos y ciudades pequeñas, pensé en la extraña comunidad que habían formado, tan limitada y al mismo tiempo tan vivaz. Mitko pasaba de una conversación a otra, hablando y tecleando a la vez, la pantalla iluminándose a intervalos regulares con nuevas invitaciones. Yo no podía seguir lo que decían, apenas entendía nada; estaba exhausto, y conforme pasaba el tiempo comencé a aburrirme. De vez en cuando se despertaba mi atención, alertado por alguna palabra suelta o un tono de voz que indicaban que Mitko estaba hablando de mí; y me sentía impotente al saberme objeto de unas conversaciones que no podía entender o en las que no podía intervenir. En un par de ocasiones Mitko orquestó una presentación, ladeando la pantalla para enmarcarme en la imagen y que el desconocido y yo pudiéramos sonreírnos incómodamente y saludarnos con la mano, dado que no teníamos nada en absoluto que decirnos. Conforme avanzaba la noche fue creciendo en mí una sensación de vergüenza, debido a la sospecha cada vez más fuerte de estar siendo objeto de burla o desdén; y además, me sentía resentido por verme excluido del entusiasmo de Mitko, y celoso de la atención que prodigaba a aquellos otros hombres.

Para alimentar ese resentimiento o para librarme de él, no sé muy bien qué, o tal vez por simple aburrimiento, cogí de la estantería un libro de poemas y lo dejé abierto sobre mi regazo. Era un volumen delgado, Cavafis, que elegí con la esperanza de encontrar algo en él que redimiera mi velada, que embelleciera la sordidez que sentía cada vez más. Pero estaba demasiado cansado para leer y fui pasando las páginas indolentemente, temeroso de que si me iba a la cama me despertaría en un apartamento desvalijado, que Mitko se habría llevado mi ordenador y mi teléfono, objetos que él codiciaba y que yo descuidaba y (sin duda pensaba) no me merecía. Mientras pasaba las páginas, sin encontrar ningún solaz en ellas, noté que el tenor de las conversaciones de Mitko había cambiado, que ya no hablaba con afecto sino en tono insinuante, y que ahora sus *priyateli* eran mayores que él, hombres que rayaban ya en los cuarenta o en los cincuenta. Por las palabras sueltas que entendí, me quedó claro que estaban programando citas y discutiendo precios, que Mitko se estaba organizando la semana.

Había un hombre, mayor que los demás, con quien la conversación se prolongó más tiempo. Era corpulento y un poco calvo, con una cara sombreada de barba que parecía al mismo tiempo flácida y demacrada a la luz plana de la habitación donde estaba sentado fumando un cigarrillo tras otro. Vivía en Plovdiv, la segunda ciudad más grande de Bulgaria, que al haberse librado de los bombardeos de la Segunda Guerra Mundial conservaba aún su hermoso centro histórico. Mientras los oía hablar, escuchando no sus palabras sino los tonos y cadencias de su discurso, recordé la primera vez que había visitado esa ciudad, el primer lugar donde había estado fuera de Sofía y por tanto la primera vez que había visto la arquitectura típica del Renacimiento búlgaro, con sus elaboradas estructuras de madera y sus luminosos tonos pastel que eran como expresiones de una alegría irreprimible, tan distintas del gris de Mladost. Plovdiv había sido construida, igual que Roma, sobre siete colinas, razón por la cual muchos búlgaros la siguen describiendo así, aunque una de las colinas fue minada y destruida, en la época comunista, para extraer las piedras que hoy en día pavimentan las calles del centro peatonal. En una de las colinas que siguen en pie se yergue una estatua enorme de un soldado soviético, al que la gente del lugar llama Alyosha, alrededor de la cual se extiende un gran parque que va descendiendo, abriéndose en cada nivel a una serie de plazas y miradores con unas vistas espectaculares de la ciudad. Un lado de ese parque está bien cuidado, con amplias escalinatas y senderos limpios, frecuentado por parejas, familias y atletas de fin de semana, la sociedad exhibiendo su vida pública. Pero durante mi primera visita, al no conocer bien el lugar, un amigo mío y yo subimos por el otro lado de la colina, que parecía en gran medida abandonado. Aquel lado también tenía escalinatas y plazas, aunque las piedras se movían y se desmoronaban bajo nuestros pies; a menudo teníamos que agarrarnos a las ramas o los matojos para no perder el equilibrio, y un par de veces llegamos a caernos sobre nuestras manos y rodillas. Y sin embargo, a medida que subíamos nos fuimos dando cuenta de que aquellos caminos no estaban del todo desiertos. Cuando nos detuvimos para contemplar la ciudad en la dirección por la que acabábamos de subir, nos fijamos en que en uno de los miradores de más abajo había un hombre al que no habíamos visto en nuestro ascenso, ya fuera porque había estado escondido o porque nuestros esfuerzos nos habían distraído. Llevaba una bolsa de plástico en una mano, que de vez en cuando se acercaba a la cara, hundiendo la boca y la nariz en ella y aspirando grandes bocanadas famélicas;

hasta de lejos pudimos ver los temblores de sus hombros, que se sacudían como si estuviera llorando. Cuando se apartó la bolsa de la cara su postura se suavizó, su cuerpo entero se encogió y se relajó, y trastabilló ligeramente, inestable sobre sus pies; luego se enderezó y, acercándose a la oxidada baranda, abrió los brazos en dirección a la ciudad, en una expresión de anhelo o éxtasis o dolor que se me ha quedado grabada. En un momento dado se agarró a la baranda con las dos manos y se inclinó, vomitando con gran compostura sobre los matorrales de abajo. Mientras subíamos nos encontramos algunas estructuras abandonadas, achaparradas y de cemento, lentamente desmanteladas por la incursión de ramas y raíces, hasta el punto de que a menudo no quedaba más que el perímetro de una sala, a veces apenas un muro solitario. Pero en uno de los miradores, donde volvimos a detenernos para recuperar el aliento, había una hilera entera de aquellas estructuras de cemento, caparazones vacíos que, aunque no tenían puertas ni ventanas, por lo demás parecían más o menos intactos. Dentro estaba demasiado oscuro para ver, pero me dio la impresión de que se extendían hasta muy lejos, adentrándose profundamente en la roca, una red de pequeñas celdas parecidas a un panal o una mina. Estábamos allí cuando me percaté de la presencia de tres hombres, no muy lejos, que debían de haberse escondido al acercarnos y que ahora emergían de las sombras. Estaban a cierta distancia unos de otros, figuras solitarias, enjutas y de mediana edad, cada una protegiendo su cigarrillo en la palma ahuecada de una mano. No dieron señales de vernos ni tampoco miraron hacia nosotros, pero vibraba en el aire una especie de tensión eléctrica, y comprendí que me bastaría un gesto para retirarme con uno de ellos a aquellas pequeñas estancias, como habría hecho (yo también vibraba de electricidad) si hubiera estado solo.

Tal vez fue el recuerdo de aquella tensión lo que me llamó la atención del cliente o amigo de Mitko, una nota de necesidad que no había percibido en los demás hombres con los que él había hablado. Parecía ansioso por complacer, su ansiedad mezclada con temor; y tuve la impresión de que Mitko disfrutaba del poder que ejercía, el poder de conceder o de negar el propio placer. Tengo algo para ti, oí que decía el hombre, y también oí *podaruk*, la palabra que tanto amaba Mitko y que ahora el hombre usó para el teléfono móvil que sostenía ante la cámara, todavía en su caja, uno de los modelos que Mitko había mirado con tanta codicia en Graf Ignatief. Y Mitko se dejó complacer, sonrió al hombre y le dio las gracias, diciendo que su regalo era *strahoten*, una palabra que significa tremendo y que, igual que esta, procede de una raíz que alude al miedo. Tienes que venir a por él, dijo el hombre, y Mitko aceptó, tomaría un autobús a Plovdiv al día siguiente. Sentado allí sumido en mi fatiga, me di cuenta de que sería mi dinero el que le comprara a Mitko el billete para llegar hasta aquel hombre y su costoso regalo, y me pregunté cómo podía haberme convertido en uno de aquellos tipos a oscuras, ofreciendo todo lo que nos pidieran a cambio de algo que no nos sería dado gratuitamente. Mitko ya me había presentado al hombre, había ladeado la pantalla hacia mí para que pudiéramos saludarnos, lo cual hicimos de forma vacilante y con una sombra de hostilidad por parte del otro, tal vez porque yo era más joven y (al menos por un tiempo) más atractivo; y tal vez simplemente porque todavía estaba en posesión de Mitko, quien le pidió que volviera a enseñarme su *podaruk*, para que lo admirara o, más probablemente, para que aprendiera. Mitko seguía siendo mío durante el resto de la noche, aún teníamos horas por delante que lo vinculaban a mí por nuestro contrato fantasma; todavía podía disfrutar del deseo que aquel hombre de la pantalla ya consideraba suyo, la recompensa por la prodigalidad de su regalo. Experimenté una especie de celos de propietario, aunque mi propiedad era temporal, ni siquiera era realmente propiedad, y sentí ya amargura ante la idea de mandar a Mitko a la mañana siguiente a Plovdiv con aquel otro hombre, que tan fácilmente lo había atraído.

Mi fatiga se había convertido ahora en una especie de agitación, no paraba de abrir y cerrar el libro que seguía sin leer en mi regazo. No encontraba en sus páginas lo que había encontrado otras veces, la restitución de una cierta nobleza derivada de la sensiblería del deseo, la sensación de que los encuentros casuales en cuartos oscuros o la turbia transacción de aquella velada podían brillar con genuina luminosidad, llegando a rozar el reino de lo ideal, prestos en cualquier momento a convertirse en metafísica. Dejé a un lado el libro, viendo que Mitko también estaba cansado, cansado y visiblemente borracho; había vaciado casi dos tercios de la botella que habíamos comprado. Se incorporó algo inestable sobre sus piernas, después de despedirse del hombre de Plovdiv y de anunciar su intención, finalmente, de dormir. Quedaban tres horas para levantarnos, él para emprender su breve viaje a Plovdiv, un par de horas en un cómodo autobús; y yo para una jornada de clases, durante la cual me plantaría ante mis alumnos con una cara limpia de la ansiedad y el servilismo y la necesidad que reflejaba cuando seguí a Mitko al cuarto de baño y me coloqué detrás de él (seguía desnudo) mientras meaba. Le acaricié el pecho y la barriga, delgada y tensa, la piel de mis manos apenas agarrando el hirsuto vello; y luego, ante sus palabras de permiso o aliento, algo así como Adelante, no me importa, bajé las manos y delicadamente le cogí la base de la polla y le rodeé el tallo con la mano, sintiendo bajo mis dedos el flujo líquido, poderoso y apremiante, y sintiendo también mi propia urgencia, la dureza que presioné contra él. Echó la cabeza hacia atrás, pegando su cara a la mía, frotándola (también áspera por la barba sin afeitar) contra la suavidad de la mía, y lo sentí endurecerse mientras terminaba de mear, mientras le retiraba cuidadosamente el prepucio y sacudía las últimas gotas, sintiéndome casi asfixiado de deseo, no habiendo tocado nunca a alguien de aquella forma, no habiendo prestado nunca aquel particular servicio. Mitko se giró hacia mí y me besó, profunda, indagatoria y posesivamente, empujándome al mismo tiempo hacia atrás por el pasillo en dirección al dormitorio, empujándome y quizá también usándome de apoyo, hasta la amplia cama donde habíamos estado juntos antes y donde ahora volvimos a tumbarnos. Me envolvió con los brazos y me atrajo hacia sí, y no solo con los brazos, me rodeó también con las piernas, apretándome contra él con las cuatro extremidades, abrazándome de tal manera que cuando respiraba el aire me llegaba filtrado a través de él, y sabía a alcohol, naturalmente, pero también a su olor, que provocó en mí una respuesta completamente animal, que me inflamó (me imaginé las cavidades del cerebro iluminándose, interruptores encendiéndose en una casa). Durmió como una criatura marina enroscada en torno a mí, enroscándose de nuevo si me movía o me desvelaba un poco, y dormí como rara vez he dormido, un sueño profundo y casi ininterrumpido, abrazado como si fuera su amante o su hijo; o abrazado, supongo que debería decir, como si fuera su cautivo o su presa.

No hace mucho pasé un fin de semana en Blagoevgrad, en los montes Pirin, acompañando a un grupo de estudiantes a una conferencia sobre lingüística matemática, un campo que no me interesa mucho y del que apenas sé algo. Disponía de mucho tiempo, mientras ellos asistían a sus charlas, para explorar el hermoso parque arbolado cercano a nuestro hotel, que durante unos tres kilómetros seguía el curso de un riachuelo hasta el centro peatonal de la ciudad, un oasis de arquitectura humana que apenas había sufrido los estragos de la era constructora soviética, aunque mancillado aquí y allá por nuevos y llamativos edificios, apartamentos caros con vistas al río. Era primavera, seguían desnudos los *asmi,* las celosías de madera construidas sobre bancos y mesas para que las vides treparan por ellas, unas vides que por el momento estaban marchitas y secas. Se aferraban a sus soportes de madera, vestigios de invierno en un paisaje ya exuberante con el cambio de año. Los árboles resplandecían con hojas nuevas y con una variedad de flores que nunca había visto, pimpollos y capullos y ramilletes, en una especie de elaborada borrachera. Nuestro hotel estaba en la linde de la ciudad, donde con escasa convicción el habitar humano intentaba escalar montaña arriba, sin llegar a ninguna parte; más allá del césped vigorosamente cortado del hotel había densos bosques y monte bajo y, más arriba, unos riscos espectaculares. Incluso en el parque de la margen del río, donde pasaba las mañanas, había algo de románticamente salvaje en el sendero que discurría entre la gran ladera escarpada de la montaña y el río, que, aunque pequeño, se precipitaba desde las cimas con notable velocidad, bramando al chocar contra unas rocas ya rotas en su lecho. Al pasear por aquel sendero me sentía como alejado de mí mismo, eufórico, agradablemente aturdido por un momento ante la fastuosa belleza del mundo. El aire bullía de movimiento, mariposas y polillas diurnas y también, flotando iridiscentes en el sol, minúsculas efémeras que refulgían como embalsamadas, ondeando a su pesar en la suave brisa. Las hierbas y los árboles exhalaban una gran cantidad de cápsulas de semillas, cada diminuto grano cobijado e impulsado por un penacho velludo a modo de paracaídas o sombrilla. Pensé, mientras contemplaba aquella siembra de la tierra, en Whitman, cuyos poemas acababa de enseñar a los alumnos que ahora estaban escuchando charlas sobre lingüística matemática de las que luego me hablarían mientras cenábamos en la ciudad, contándome cómo se imaginaban que reaccionaría yo a los argumentos formulados sobre poesía y estructuras métricas y de rima, sus apelaciones numéricas a nuestro placer. Había versos en la poesía de Whitman que siempre me habían parecido excesivos en su entusiasmo, su desenfrenado erotismo; me incomodaban un poco, aunque a mis alumnos les encantaban, recibiéndolos año tras año con risas. Fueron esos versos que acudieron a mi mente en aquel sendero de Blagoevgrad, mientras contemplaba caer las semillas como nieve, los que definieron y enriquecieron aquel momento. Qué eran aquellas semillas sino el lento cosquilleo de los genitales del viento, la urgencia procreadora del mundo, y me di cuenta de que siempre los había interpretado mal, esos versos que nunca había entendido; no eran en absoluto excesivos, eran precisos, y por un momento entendí el deseo del poeta de estar desnudo ante el mundo, su locura, como él dice, por sentir su contacto. Incluso llegué a sentir algo de aquel deseo, aunque no hubiese nada de locura en mi caso, casi siempre había vivido mi vida por debajo del tono de la poesía, una vida de inhibiciones y oportunidades perdidas, quizá, pero también una vida soportable, una vida que hasta cierto punto había elegido y continuaba eligiendo.

Crucé un puentecillo de madera, deteniéndome un momento para mirar las aguas revueltas y sentir su vibración en la estructura que me sostenía por encima de ellas, y encontré un pequeño café acurrucado en un recodo del río, en una franja de tierra que las aguas habían respetado. El café era poco más que una cabaña, pero estaba limpio y bien cuidado; al lado había varias mesas de pícnic dispuestas azarosamente junto al agua. Muchas ya estaban ocupadas, y tuve que sentarme a cierta distancia del río, aunque todavía podía oír el agua, un sonido que me ha relajado desde que era niño. Tomé a pequeños sorbos mi taza de café con leche tibia, mirando a las demás mesas, invadidas por grupos grandes y animados, y me acordé de que aquel fin de semana era festivo por alguna razón, aquí hay demasiados festivos para acordarse de todos. Los niños jugaban junto al agua con pelotas y palos y pistolas de plástico que emitían luces y sonidos. Mientras los contemplaba, sin hacer caso de los ejercicios que me había traído para corregir, me fijé en una niña, de unos tres o cuatro años quizá, que permanecía separada del resto. Estaba en la orilla misma del agua, y agachado justo detrás de ella había un hombre que supuse que sería su padre. Una y otra vez, mientras la miraba, esa niña, sujeta de la cintura por el hombre que tenía detrás, se inclinaba peligrosamente hacia delante (aunque no había peligro) por encima de la escarpada ribera, contemplando el agua que discurría a toda velocidad como a un metro por debajo de ella. Repetidamente se inclinaba hacia delante y repetidamente se echaba hacia atrás de golpe, regresando a la estabilidad con una risa encantada. La cuarta o quinta vez que lo hizo se inclinó todavía más que antes, de tal forma que el hombre tuvo que estirar más el brazo, casi hasta el límite de lo que le alcanzaba. Esta vez la niña no se rio, como sorprendida y quizá turbada ante su propia audacia, el riesgo asumido al inclinarse tanto hacia delante, un riesgo que naturalmente no era tal con el brazo de su padre rodeándola; en vez de reír, se echó hacia atrás contra el cuerpo de su padre y, levantando los brazos para cogerle del cuello, tiró de su cabeza hacia abajo (o quizá no necesitó tirar de ella), abrazándola junto a la suya. Solo entonces se rio, envuelta por el cuerpo de su padre; se rio con una alegría que me costó reconocer, que parecía contener toda la certeza de que existía un hogar entre las cosas del mundo. Estuvieron mucho rato abrazados, un tipo de contacto físico que rara vez se ve en público, quizá solo entre los padres y sus hijos muy pequeños, una intimidad confiada de posesión absoluta. Tal vez aquel, pensé, fuera un abrazo completamente carente de teatralidad. No solo yo estaba conmovido, veía a otros mirándolos también, sonriendo con nostalgia, y quizá con un poco de melancolía, como yo, sintiendo al mismo tiempo mi propia exclusión y lo deprisa que se terminaban aquellos abrazos. Adoptaban significados distintos a medida que el niño crecía, se volvían inadmisibles; el mismo contacto que ahora conmovía nuestros corazones dentro de unos pocos años despertaría nuestra desaprobación, nuestra preocupación, finalmente nuestro desprecio. Y así sucede, pensé entonces, mientras el hombre y su hija se soltaban y se alejaban del agua, así sucede que en el momento mismo en que asumimos la plena conciencia de nosotros mismos lo que experimentamos es una partida y una pérdida que nos pasamos el resto de nuestra vida intentando recuperar. El hombre y su hija regresaron a su mesa, la niña corriendo hacia una mujer que se inclinó para levantarla y ponérsela en el regazo, haciéndole unas ligeras cosquillas de modo que pude oír su risa por encima del ruido del agua. Por un momento al menos me pareció plausible, la historia que contaba acerca de la sensación de desarraigo que experimentaba tan a menudo, y que se vio mitigada durante las pocas horas que pasé durmiendo en brazos de Mitko, el abrazo al que volví en mis pensamientos mientras contemplaba a la niña y a su padre junto al río en Blagoevgrad.

Esa mañana que pasé calificando los ejercicios de clase tuvo lugar casi dos meses después de mi último encuentro con Mitko en Varna, un encuentro que a su vez había estado precedido de tres meses de silencio. En los días y semanas que siguieron a la noche que pasamos juntos en Mladost, una de las dos únicas noches, como resultó ser, que pasaríamos juntos en todos los meses en que nos estuvimos viendo, Mitko se presentaba en mi apartamento cada pocos días, siempre amigable y ansioso, y siempre con alguna petición. Cada vez que oía sonar el timbre del portal de la calle, que nadie más usaba nunca, me debatía por un lado entre el deseo de disfrutar de las rutinas de la soledad (mi escritura y mis libros) y, por otro, la emoción por la presencia de Mitko y el modo en que esta interrumpía todas mis rutinas. Pero tras varias semanas de aquellas visitas ya había tenido suficiente interrupción, y empecé a sentirme resentido por sus peticiones, que nunca eran exorbitantes (dinero para cigarrillos o crédito para el teléfono, una vez cuarenta leva para un par de zapatos), pero que parecían no terminar nunca. Aun así, la misma noche en que puse fin a aquellas visitas, el corazón me dio un vuelco como siempre hacía cuando el timbre me anunciaba su presencia. Se mostró amistoso cuando abrí la puerta y parecía estar bien, pero me preocupó su estado; su ropa, con la que siempre era tan escrupuloso, estaba sucia, y cuando pasó junto a mí pude oler que llevaba días sin bañarse. Acabábamos de sentarnos en el sofá, acababa de sonreírme invitándome a hacerlo y yo había apoyado la cabeza sobre su pecho, inhalando su olor acre, cuando llamaron a la puerta. Me había olvidado de mi cena con C., un amigo que vivía en el piso de arriba y que también daba clases en el American College; venía a recogerme para ir a un restaurante cercano. Mitko se quedó encantado de ver a aquel amigo mío, a quien había conocido en una de sus anteriores visitas y del que estaba claramente prendado, igual que casi todo el mundo que conocía a C., quien tenía un encanto natural, cautivador, y sin embargo era completamente indiferente a las necesidades y los deseos de los demás, de forma que siempre daba la impresión de estar alejándose al tiempo que te invitaba a seguirlo. Mitko apenas le quitó la vista de encima y lo tocó cada vez que podía, contactos en todo momento vigorosos y amigables, un idioma físico que usaba para compensar la imposibilidad de hablar entre ellos; y aun así contactos que, aunque no tenían componente alguno de seducción, sabía que a la más mínima señal de permiso o deseo despertarían un ardor sexual.

En la cena, Mitko pidió mucho más de lo que podía consumir, como siempre hacía, comida y bebida y cigarrillos. Me cansé pronto de mis esfuerzos por traducir, y nos sumimos en un silencio interrumpido por los intentos de conversación de Mitko, casi todos dirigidos, a través de mí, a C. Así que tal vez fue por celos por lo que de pronto le pregunté a Mitko si le gustaba su vida entre sus *priyateli*, lanzándole la pregunta así, a bocajarro. *Ne*, me contestó él con la misma brusquedad, mostrando su habitual reticencia a hablar de cualquier cosa desagradable, especialmente de su pasado o de cómo había llegado a su presente. Le presioné, sin saber muy bien si me movía la crueldad o el interés o la preocupación, y, dejando por completo de lado a mi amigo, que era incapaz de seguir siquiera mi búlgaro vacilante, le pregunté a Mitko por qué entonces había elegido vivir cómo vivía. Sabía que la pregunta era ingenua, o ni siquiera eso; era injusta, presuponía una libertad de elección que implicaba un juicio que yo no tenía derecho a emitir. *Sudba*, dijo Mitko, el destino, y aquella única palabra le sirvió para descartar de un plumazo cualquier elección y consecuencia. En Varna no había trabajo, dijo, y en Sofía los empleos que había le estaban vedados, porque no tenía una dirección para darles a los patronos, y no había forma de conseguir una dirección sin trabajo. Aquel fue el final de nuestra conversación, que marcó la tónica del resto de la velada, durante la cual ya no hubo más insinuaciones por parte de Mitko (insinuaciones que yo había encajado con ambivalencia, para su visible confusión) y durante la cual se mostró apagado también en otros sentidos, igual que yo. Quería reparar el daño que había causado, y al mismo tiempo intuía con alivio la posibilidad de liberarme de una maraña que se había vuelto más intrincada de lo que podía soportar. Tenía la sensación de que no había ninguna actitud que pudiera adoptar hacia Mitko que me permitiera ser a la vez suficientemente compasivo y suficientemente libre, así que oscilaba entre el ansia y la distancia, una ambivalencia que, aunque resultaba especialmente aguda con Mitko, sabía que caracterizaba todas mis relaciones, las superficiales y las profundas. Cuando nos levantamos de la mesa, le dije a Mitko que lo acompañaría al metro, dejando claro que aquella vez, al menos, no iba a haber sexo. Me sentí aliviado por dejar esto claro, por descubrir que era capaz de dejarlo claro, pero aun así no me sentía a gusto conmigo mismo ni con él, y echamos a andar con un estado de ánimo sombrío. Le había pedido a C. que viniera también; pensé que eso reforzaría mi determinación, y no quería estar solo cuando Mitko se marchara, pero C. mantuvo las distancias, caminando unos pasos por detrás de nosotros. Finalmente le pregunté a Mitko si estaba bien, incapaz de seguir soportando su silencio. Apartó la vista, mirando al tráfico del bulevar, y dijo *Iskam da zhiveya normalno*, quiero vivir una vida normal. Me quedé un momento callado, dividido entre una tristeza terrible y mi deseo de huir. Y luego, mirándole a la cara, No quiero ser uno de tus clientes, dije. Se giró hacia mí sorprendido, diciéndome Tú no eres un cliente, eres un amigo, pero deseché su objeción con un gesto de la mano. Me gustas demasiado, dije, torpemente pero con sinceridad, no es bueno para mí que me gustes tanto. Para entonces habíamos llegado a la estación, y él se quedó un momento mirándome confuso, sin saber muy bien cómo interpretar lo que había dicho, y tal vez preguntándose cuál de las caras que le había mostrado era la verdadera, la cara de dependencia emocional a la que estaba acostumbrado, o esta nueva cara que de pronto era inaccesible para él. Luego, como decidiendo que no valía la pena entenderlo, se encogió de hombros y extendió la mano, pidiéndome un billete de diez leva, y lo vi marcharse.

Durante tres meses Mitko no dio señales de vida, y durante ese tiempo mi sorpresa por que él se hubiera tomado en serio mis palabras de despedida se convirtió en preocupación y por fin, inevitablemente, en añoranza. Fue una tarde de fin de semana a finales de febrero cuando con un ping apareció en Skype, del que había estado ausente todo aquel tiempo, igual que había estado ausente del NDK y de las calles que había empezado a rondar con la esperanza de volver a verle y retomar un hilo que (ahora me lo parecía) había soltado demasiado deprisa y sin pensarlo suficiente. Qué extraordinario que con el pulsar de una tecla, sin dejarme tiempo para arrepentirme, mi pantalla se llenara de su imagen en movimiento, tan querida de nuevo para mí después de la larga ausencia. Él estaba observando su propia pantalla, su cara, al principio ceñuda de concentración, se relajó de repente y cobró vida, sonriéndome con lo que pareció una sonrisa genuina al verme después de todo ese tiempo. Mientras hablábamos, contemplé su imagen como si quisiera consumirla, absorbiendo lo que descubrí con sorpresa que casi había olvidado, aunque él me había dejado hacerle fotos aquella noche que pasamos en mi apartamento, docenas de fotos, y las había mirado a menudo en los meses en que él había estado ausente. Pero ahora podía ver cómo se movía, los gestos que hacía y que eran demasiado rápidos para las fotografías, su historia viva, y me invadió un anhelo libre de toda ambivalencia. Tenía mejor aspecto que la última vez, su ropa estaba limpia, la cabeza recién afeitada, así que fue un shock enterarme de que se había pasado las últimas diez semanas más o menos en un hospital de Varna, convaleciente de algún tipo de problema hepático. No entendí bien los detalles, ya fuera por culpa de mi búlgaro o porque no quiso contarme demasiado. Sí que me habló de lo terriblemente aburrido que se sintió en el hospital, donde estaba confinado en una cama, sin ordenador y sin siquiera un televisor para distraerse, ya que el que había en su habitación solo funcionaba si le metías constantemente monedas. Tampoco le servían para distraerse los libros ni las revistas, porque le costaba leer el cirílico; había dejado la escuela en séptimo, y se sentía más cómodo con los caracteres latinos que se usaban en los chats de internet. Esto me lo había confesado con evidente vergüenza un día que había salido un momento a comprarle algo que quería —cigarrillos o alcohol o las golosinas que le gustaban— y al volver me lo había encontrado sentado ante el ordenador gimiendo de frustración, incapaz de teclear en la tipografía cirílica establecida o de cambiarla. Sus únicas visitas habían sido su madre, su abuela y el muchacho al que llamaba *brat mi*, a quien yo no había visto desde aquel primer día en el NDK.

Pero ahora estaba mejor, dijo, se encontraba bien, aunque dentro de un mes debería volver al hospital, para un ingreso que tal vez se alargara tanto como el primero. Pensé en lo muy a menudo que, pese a toda su vivacidad, había visto enfermo a Mitko, sus resfriados, la infección de oído que le había durado semanas, el herpes que a veces le desfiguraba la boca; pensé en lo mucho que bebía y en los riesgos de su oficio, y por un instante deseé desesperadamente salvarlo, aunque no estaba seguro de qué ni de cómo. Sabía que era un deseo absurdo, que suponía imaginar una relación que yo no quería; y también sabía que Mitko nunca había expresado deseo alguno de ser salvado. Estaba en un cibercafé (de vez en cuando veía pasar a alguien por detrás de él), y a medida que hablábamos utilizó cada vez más el teclado, escribiendo unos comentarios demasiado sugerentes para expresarlos en voz alta. Esto tuvo el efecto que buscaba, de forma más abrumadoramente irresistible cuando se puso de pie y con el pretexto de estirarse me exhibió su cuerpo, metiéndose las manos en los bolsillos para alisarse los pliegues de los vaqueros contra la entrepierna. Hacia el final de nuestra conversación, y para mi sorpresa, ya le había propuesto ir el fin de semana a Varna, una propuesta que aceptó con entusiasmo. Pasaré todo el fin de semana contigo, dijo, te lo prometo, *hundert protzent*.

Durante los días siguientes estuve recibiendo correos electrónicos suyos, mientras él visitaba hoteles y me informaba de los precios y de su proximidad al mar. Fue el mar, conforme pasaban los días, lo que empecé a anhelar casi tanto como anhelaba a Mitko, después de haber pasado tantos meses en Sofía, en el interior, y fue el pensamiento del mar incluso más que el de Mitko el que llenó mi mente durante las siete horas que pasé en el abarrotado autobús desde Sofía hasta la costa. Era un día gris, frío, más de invierno que de primavera. Todo el mundo llevaba prendidos a la ropa los *martenitsi*, pequeñas borlas de hilo rojo y blanco que la gente se intercambia el primero de marzo, un ritual concebido para alentar el cambio de estación. Mi bolsa de viaje estaba cubierta de ellos; a lo largo del día mis alumnos me los habían entregado con gran ceremonia, entre deseos de salud y riqueza y felicidad. Pero no tenían nada de mágico, y durante todo el viaje cayó una suave precipitación, a ratos lluvia, a ratos nieve. Me deprimían tanto el clima como el paisaje que atravesábamos, cuya belleza se veía estropeada allá donde la había tocado la mano humana. A lo largo de la autopista, que debía de datar de los tiempos del comunismo, los edificios eran bajos y de cemento y a menudo ruinosos, sin duda abandonados en favor de sus equivalentes de mayor tamaño en la ciudad que acababa de dejar atrás. Me asombraba la manera tan absoluta con que se había eliminado todo impulso hacia la belleza de aquellos edificios, que eran tan distintos, en todo salvo en su pobreza, de las aldeas de montaña que había visitado, donde casi todas las casas mostraban como desafiantes un afán artístico.

A medida que anochecía, el paisaje se fue oscureciendo hasta desaparecer, y la ventanilla ya no me ofreció más que el reflejo de mi cara. Nunca he podido leer en los autobuses, así que la única distracción de la incomodidad del trayecto era la hilera de pantallitas que se extendían a lo largo del pasillo central, emitiendo en bucle una y otra vez la misma película de acción norteamericana de bajo presupuesto. No había sonido, y los subtítulos pasaban demasiado deprisa para poder descifrarlos, pero aun así era incapaz de dejar de mirar. Se trataba de una película espantosa, una trágica historia de venganza, cada plano un cliché. Escena tras escena la violencia se volvía más brutal, las torturas más barrocas, mi excitación más intensa; y no solo la mía, en un momento dado oí que una mujer contenía el aliento y apartaba la vista de la pantalla y vi que casi todos los pasajeros del autobús estaban como en trance. La película nos había unido a todos, nos estaba haciendo sentir lo mismo, convirtiéndonos temporalmente en una especie de cuerpo colectivo. Con qué facilidad se nos puede hacer sentir, pensé, y con qué poco fundamento, sin fundamento alguno. En el clímax de la película, una escena final de matanza y ajuste de cuentas, un viejo sentado al otro lado del pasillo susurró *Chestito*, así se hace, apenas lo bastante fuerte para que lo oyéramos, y fue casi como si la palabra la hubiera dicho yo.

Al acercarnos a Varna, las luces de la ciudad me devolvieron a las ventanillas, al mundo borroso que se vislumbraba a través del cristal veteado de lluvia. Nos detuvimos en la periferia del centro urbano, o lo que tomé por el centro urbano, no en una terminal sino en un aparcamiento situado junto a una gasolinera, donde Mitko esperaba de pie sin paraguas, los hombros encorvados contra la lluvia. Fui el primero en bajar del autobús y corrí brincando a su encuentro, tan abrumado por la emoción que tuvo que mandarme de vuelta a por mi bolsa, que me había dejado en el asiento de al lado. Los dos nos reímos de aquello, de mi ansiedad y mi descuido, y sacudió la cabeza a modo de reprimenda indulgente, tras haberme prestado de nuevo un servicio más allá de los términos de nuestro contrato. Tomó mi bolsa, insistiendo con una exhibición de galantería cuando le dije que podía llevarla yo mismo, y me condujo a una fila de taxis. Me preguntó por el viaje, si tenía hambre, si quería ir directamente al hotel o explorar un poco antes, aunque por supuesto ya conocía mi respuesta a aquellas preguntas. Había un corto trayecto hasta el hotel que había escogido, un lugar muy bonito, dijo, muy cerca del mar. Y sí que era bonito, de una forma desvaída, dos viejas casas en torno a un patio en una estrecha calle que salía de la plaza principal de la ciudad, la avenida peatonal que llevaba al mar. Había un solo recepcionista, un anciano que salió de su caseta, un porche acristalado anexo a uno de los edificios, para darnos la bienvenida. Mitko y él se dieron la mano afectuosamente, y me pregunté qué relación habría entre ellos, si Mitko venía aquí a menudo con hombres, si quizá tenían algún acuerdo. Nuestra habitación era desvencijada y espaciosa, en la planta baja y con unos ventanales inadecuados para el viento que daban a la calle. Había un radiador de pie contra una de las paredes, y Mitko se acercó y lo encendió; debía de haberse quedado helado hasta los huesos durante la espera. Se sentó encima de él, suspirando de placer cuando empezó a calentarse. Sin levantarse, estiró la mano hasta el viejo televisor de la pared y fue cambiando los pocos canales disponibles, deteniéndose en uno que emitía vídeos de canciones pop-folk de los Balcanes; empezó a tararear, meneando la cabeza de un lado a otro al compás de los ritmos sincopados mientras jugueteaba con mi iPod, que al llegar había dejado en la mesilla de noche y él había agarrado inmediatamente. Tardó un momento en darse cuenta de que no era el mismo aparato que tanto lo había fascinado en Sofía, y cuando le dije que aquel me lo habían robado, que un hombre me lo había quitado en uno de mis encuentros, él sacudió la cabeza con gesto comprensivo —así va el mundo— y luego sus rasgos se endurecieron. Cuando vaya a Sofía, dijo, lo buscaremos, me dices quién es y yo me encargaré de él. *Samo da go vidya i do tam.* Estaba claro que su enfermedad, fuera cual fuese, no le había impedido seguir metiéndose en aquellas peleas que sospechaba que le encantaban; encima del ojo izquierdo, ahora, tenía una herida de hacía un par de días, la piel todavía sin cerrar. Intenté postergar el momento, acomodándome un poco, ordenando mis cosas, pero su presencia era demasiado para mí, me acerqué y le toqué y me puso la mano en el cuello y me empujó hacia abajo, luego se desabotonó la bragueta y se sacó la polla, sin dejar de sostener mi iPod con la otra mano. Solo cuando me levanté y le cogí el brazo, tirando de él hacia la cama, dejó a un lado el aparato y se puso a mi plena disposición. Pero seguía mostrándose distante, no paraba de echar vistazos al televisor, y cuando le pregunté qué le pasaba se limitó a encogerse de hombros y me contestó que ya había tenido sexo esa tarde, lo cual me pareció una violación de contrato, aunque supongo que no tenía un motivo real de queja. Entonces me aparté de él, me quedé tumbado a su lado pensando, tal como había tenido razones para pensar otras veces, cuán impotente es el deseo fuera de su pequeño teatro de pasión, cuán ridículo se vuelve en cuanto deja de ser bienvenido, aunque esa bienvenida sea fingida. Mitko estaba tendido a mi lado, ahora desnudo, con los brazos por detrás de la cabeza, pero ni me tocaba ni reaccionaba a mi contacto, la polla dura solo a medias reposando sobre el vientre. Me consentía el acceso a él pero no estaba realmente presente, y finalmente me recosté a su lado, con los ojos cerrados, y me concentré en su calidez donde nuestros cuerpos se tocaban mientras acababa por mi cuenta.

A la mañana siguiente me desperté temprano y me fui a pasear solo. El sol estaba saliendo, el viento era frío y limpio e impregnado de sal. Mitko me había dicho que el hotel estaba cerca del mar, y al girar desde nuestra calle hacia la plaza principal me quedé sin aliento al ver el horizonte de agua majestuosamente enmarcado por los pilares de la entrada del Jardín Marítimo. No tardé en perderme por aquel parque enorme, vagando por senderos que parecían llevar al agua para luego desviarse. Amaba el silencio de la mañana, y también la soledad que parecía parte del diseño mismo del lugar, o más bien la alternancia rítmica que establecía entre soledad y sociabilidad, los caminos estrechos y arbolados que de pronto desembocaban en plazas con bancos en torno a miradores orientados al mar, que era interminable y gris e incesantemente agujereado por las gaviotas. Tras la desolación del paisaje que había visto el día anterior, me conmovía encontrarme en un sitio claramente diseñado para ser bello. El trazado mismo de los caminos, con su aparente falta de rumbo, parecía un reproche al utilitarismo de los edificios junto a los que había pasado en el autobús. El parque había sido construido poco después de la liberación, y mientras deambulaba por él me fui encontrando estatuas de revolucionarios y escritores plantadas aquí y allí entre los senderos. Algunos de sus nombres me resultaban familiares, pero desconocía la mayoría de sus historias, de forma que era como estar paseando por una crónica peculiarmente lírica del pasado, libre de los habituales relatos de triunfo y derrota. Había indicios también, en los recodos más oscuros y agrestes, de la otra vida del parque, secreta y lúdica: colillas de cigarrillo y botellas y de vez en cuando la piel reseca y distendida de un condón. Debían de llevar allí tirados desde el verano anterior, cuando esos caminos habrían sido un carnaval lleno de turistas de toda Europa, gente joven y hermosa inflamada por la noche y el calor y el mar omnipresente.

Era el mar lo que yo anhelaba ahora, después de tantos caminos engañosos y desvíos. Una y otra vez me encontraba que las escaleras que llevaban desde los miradores de los jardines hasta la playa estaban acordonadas, en un estado tan deteriorado que no era seguro bajar por ellas. Era consciente de que el tiempo pasaba y sabía que tenía que volver al hotel, con Mitko, que se estaría despertando y no me encontraría. Cuando por fin conseguí bajar de los jardines, descubrí con frustración que el acceso al agua estaba bloqueado por una hilera aparentemente interminable de construcciones, complejos de restaurantes y casinos y discotecas, todos cerrados con planchas de madera por ser temporada baja, atrincherados contra el mar y las inclemencias del tiempo y, supuse, contra las manos vandálicas que habían pintarrajeado aquellas planchas con grafitis. Y sin embargo, cuando encontré un paso a través de aquellos complejos interconectados, que llevaba no exactamente a la playa sino a la carretera que discurría junto a ella, di media vuelta enseguida. El viento procedente del mar, a falta de árboles o de aquellos edificios que habían frustrado mi acercamiento, soplaba con demasiada fuerza para estar plantado de cara a él durante mucho tiempo. Y estaba fascinado por aquellas construcciones, ahora que las veía desde el otro lado, con sus chillonas fachadas de parque de atracciones elevándose por encima de sus ventanas selladas. Oí una radio que sonaba débilmente dentro de uno de los restaurantes, pero no había otras señales de presencia humana, ni voces ni movimiento salvo por los gatos que habían improvisado su morada en los tejados, desde donde me observaban, desinteresados y alertas. Había algo de espectral en toda aquella hilera de edificios, como si llevara años abandonada. Uno de los restaurantes no había sido sellado, no sé por qué, y subí los pocos peldaños que llevaban a la terraza para asomarme por el cristal, que estaba lleno de costras de sal y arena. Era un local para niños, restaurante y salón de juegos en uno, lleno de figuras y pequeñas atracciones que funcionaban con monedas y que tenían formas de personajes de dibujos animados norteamericanos. Estaban envueltas en fundas de plástico, difuminando todavía más unas imágenes ya borrosas por el cristal, de modo que quedaban grotescamente distorsionadas; y por un momento, al mirar aquellas figuras que asociaba con mi infancia, me pareció que cobraban una especie de vida agónica, como víctimas en cuarentena de alguna plaga o como los mismos niños asfixiándose en placentas de plástico.

Mitko estaba despierto cuando regresé al hotel, viendo ociosamente la televisión, nada inquieto por mi ausencia, aunque quiso saber dónde había estado y cogió mi cámara para echar un vistazo a las fotos que había tomado. Se conocía el parque al dedillo, me dijo, reconocía cada uno de los escenarios de la pantalla, y me demostró su conocimiento describiéndome lo que quedaba fuera del encuadre. Aquella misma tarde me llevó al centro, a través de sus calles y plazas, señalándome lugares emblemáticos que eran como miniaturas de sus equivalentes de la capital: monumentos a los mismos patriotas, museos de historia, de arqueología y etnografía, las ruinas romanas y la céntrica catedral con su eflorescencia de cúpulas. Por todas partes había gaviotas, mansas y curiosas como gatos, llenando las plazas con sus chillidos. Mitko tenía hambre y paramos en el tenderete de una pastelería que vendía pastas de queso y salchichas y dulces de varios tipos. Comimos de pie en la calle, en una pequeña plaza peatonal flanqueada a un lado por la ópera, y no tardó en acercársenos una de aquellas aves, trotando con determinación delante de nosotros, accionando los goznes de su pico y levantando las alas entre chillidos. Mitko había pedido más comida de la que podía comerse, y le tiró un trozo de sus sobras a la gaviota, que batió las alas para atraparlo en el aire, lo engulló rápidamente y repitió su exigencia. Pronto ya había cuatro o cinco dando brincos y chillando, de modo que el aire estaba lleno de una algarabía de puertas abriéndose. Me encantaban las gaviotas, y Mitko alimentaba mi placer mientras las alimentaba a ellas, hasta la última migaja, tras lo cual levantó las manos a modo de disculpa porque ya no le quedaba nada. Cuando reanudamos nuestro paseo, Mitko empezó a contarme historias sobre los lugares por donde pasábamos, aquí el restaurante al que solía ir con Julien, aquí el escenario de un encuentro nocturno, aquí la mesa frente a un puesto de *dyuner* donde, durante una pelea de borrachos, se había caído de bruces rompiéndose el diente. Cuando oscureciera, dijo, me llevaría a los baños termales, unas piscinas donde a pesar del frío podríamos estar juntos en el agua. Y también quería que viera su casa, dijo; a la mañana siguiente tomaríamos el autobús hasta uno de los *blokove* de las afueras y me presentaría a su madre y a su abuela. Aquello me sorprendió; supongo que quería exhibirme, un extranjero, un profesor de una escuela famosa, aunque yo no tenía ni idea de cómo explicaría de qué nos conocíamos.

Por todos los sitios que pasábamos Mitko saludaba a la gente por su nombre, estrechándoles la mano, dándoles palmaditas en la espalda como un político, un hombre inexplicablemente público. Me señalaba a modo de presentación, diciendo que era un amigo suyo, norteamericano, momento en el cual yo saludaba educadamente con la cabeza y esperaba a que terminaran de conversar. Cuando nos alejábamos de algunos de aquellos hombres, Mitko se inclinaba hacia mí y me sugería en voz baja que podríamos divertirnos los tres juntos, podría arreglarlo fácilmente. Pero yo quería estar a solas con Mitko, y así se lo dije después, cuando de vuelta en la habitación me propuso telefonear a su amigo, al que él llamaba *brat mi*, que tenía, me aseguró, tantas ganas como el propio Mitko de que nos viéramos los tres. Podríamos reunirnos en el hotel, dijo, y luego ir juntos a los baños termales. Ya era tarde, estaba anocheciendo, dijo que deberíamos salir pronto. Pero yo quiero estar contigo, dije, solo contigo, y sonrió y se dejó arrastrar hasta la cama, donde le quité los zapatos, le desabotoné los pantalones y la camisa. Se acostó a mi lado, aceptando mis caricias, incorporándose de vez en cuando para beber del whisky que se había servido nada más llegar, a pesar de su enfermedad y su propósito, según me había contado, de beber menos. También veía la televisión, cambiando de canal hasta que se detuvo en una película, una película norteamericana doblada al búlgaro, casi como si quisiera distraerse de lo que le estaba haciendo, de tal forma que por primera vez, además de solo en mi deseo, me sentí también como un agresor. Cuando me aparté de él, bajó la mano y se puso a tocarse, despacio y con algo parecido a la languidez, incluso cuando se le puso flácida manteniendo el mismo movimiento regular.

Fue entonces, acostado a su lado pero excluido de aquel ejercicio mecánico suyo, cuando me fijé en la película que había elegido. Era una película famosa, reciente, un drama histórico que pese a todo su artificio era tan brutal como la que había visto el día anterior en el autobús. Pero esta contenía un tipo diferente de violencia, más centrada en el sufrimiento genuino; no eran disparos ni explosiones lo que estábamos viendo, Mitko y yo, sino restallar de látigos y golpes de espada. Aquello aniquiló mi deseo, pero Mitko la miraba sin apartar la vista en ningún momento, no con avidez sino con una extraña apatía, la misma con que movía la mano por su cintura. ¿Podemos quitarla, dije, podemos ver otra cosa?, pero él murmuró no, la estaba viendo, estaba interesante, quería ver qué pasaba. Era un episodio histórico que yo había estudiado en la escuela, primero de niño y luego más adelante, cuando ya pude entender mejor el horror; sabía qué iba a pasar y no quería verme arrastrado a aquella indefensión que se iba acumulando en la pantalla. Quería que dejara de masturbarse viendo aquellas imágenes, aunque tampoco me pareció que fuera eso lo que estaba haciendo, las dos acciones —la inmovilidad de su mirada y el movimiento constante de su mano— parecían desconectadas entre sí, aunque compartieran la misma languidez. Podrías dejarlo ya, dije, no tienes por qué terminar ahora, utilizando el eufemismo búlgaro *svurshish*, más preciso aunque menos alentador que el verbo «correrse», que yo prefería por su franqueza, puedes esperar a más tarde. Pero no quería esperar, dijo que ya le faltaba poco, aunque no era verdad, seguía sin haber urgencia en su movimiento, ninguna variación en su tempo. Me quedé allí tumbado otro cuarto de hora, mirándolo a él y mirando las imágenes de la pantalla, experimentando una ácida sensación de estar atrapado. Por fin terminó, y solo entonces me tocó, en el último momento extendió el brazo y bajó mi cabeza hacia él y me llenó la boca, en un gesto que más que erótico pareció conveniente, una simple forma de no ensuciar. Y entonces su languidez se esfumó, pareció satisfecho consigo mismo, lleno de energía bulliciosa. Es la tercera vez hoy, dijo, apagando el televisor y girándose hacia mí con una sonrisa, para después explicarme, al ver mi confusión, que se había masturbado dos veces por la mañana mientras yo exploraba el Jardín Marítimo. ¿Qué quieres decir?, dije, sorprendido, aunque a medida que hablaba mi sorpresa se fue convirtiendo en algo distinto, y cierto matiz en mi voz puso en guardia a Mitko. ¿Qué?, dijo, levantándose de la cama para sentarse en la silla de al lado y tomar el paquete de cigarrillos que ya había vaciado y que aplastó irritado y arrojó a un lado. Entonces cogió su copa, aunque también estaba vacía y tuvo que servirse otra de la botella que había en el suelo. ¿Estás enfadado conmigo?, preguntó, y no lo estaba realmente, no era realmente enfado lo que sentía, o al menos todavía no. ¿Por qué lo has hecho?, dije. ¿Por qué te has corrido tú solo cuando sabes las ganas que tengo? Fue lo mejor que se me ocurrió, tuve que hablar en su idioma y sin tapujos, sin usar mis defensas habituales. Pero es que no estabas, dijo Mitko, me desperté y te habías ido, no sabía dónde estabas ni cuándo ibas a volver, para qué te iba a esperar —y entonces sonrió y levantó las manos, intentando suavizar el tono—, soy joven, no puedo esperar, no tengo tanto control.

No respondí a su sonrisa. He venido desde Sofía, dije, y he pagado la habitación, las comidas, todo, he venido para estar contigo, para tener sexo contigo… y aquí Mitko me interrumpió, captando el aroma de algo de lo que podía sacar partido. ¿Así que es solo por el sexo?, dijo, tú eres mi amigo, y volvió a usar aquella palabra, *priyatel*. He buscado el hotel, dijo, te he esperado en la parada del autobús aunque estaba lloviendo, y ahora me duele la garganta, me estoy poniendo enfermo. *A ne e li vyarno*, dijo, ¿no es cierto?, desafiándome a que lo negara. Hizo una pausa para beber, como preparándose para un enfrentamiento que sabía que no podía evitar. Lo he hecho todo porque somos amigos, dijo, esas son las cosas que hacen los amigos, para mí no es solo sexo. Entonces se detuvo, como si se diera cuenta de que había llegado demasiado lejos, de que se había apoyado demasiado en la ficción de nuestra relación y sentía ceder su falsa superficie. Pero nosotros no somos amigos de esa manera, dije mientras Mitko daba otro largo trago. Los dos sacamos algo de esto, continué, y la dureza del lenguaje era el instrumento que yo ahora quería: yo el sexo, dije, y tú el dinero, eso es todo. Pero ahora era yo quien había llegado demasiado lejos, de forma que suavicé lo que acababa de decir, o lo intenté: me gustas, dije, me gusta estar contigo, *skup si mi*, dije, te tengo cariño, eres muy guapo. Pero la expresión de Mitko se había endurecido. Dejó el vaso y se puso las manos en las rodillas. ¿Cuándo te he dicho que no?, me preguntó, y era verdad, aunque a veces me había dado largas, siempre había acabado cediendo cuando le insistía, en realidad nunca me había rechazado. Tu problema es que no sabes lo que quieres, dijo, dices una cosa y luego otra. Sabía que tenía razón, y no solo acerca de mi relación con él; siempre siento una ambivalencia que me empuja primero en una dirección y después en otra, una costumbre que ha causado mucho daño. No negué lo que decía, incluso asentí con la cabeza, lo cual no hizo más que ensombrecer su humor. Yo no soy así, continuó, soy un hombre de palabra, si digo que he acabado contigo es que he acabado contigo, no cambiaré de opinión, y si vuelvo a verte, si nos cruzamos por la calle, en el NDK, en Plovdiv, en Varna, no importa dónde, fingiré que no te conozco, dijo, ni siquiera te saludaré. ¿Es eso lo que quieres?, dijo, y luego, sin darme tiempo a contestar, ten cuidado. Ahora no había en él nada de calidez ni de juego; aunque estaba sentado desnudo ante mí, era completamente inaccesible. Asegúrate de decir la verdad, dijo, asegúrate de decir lo que piensas de verdad. Pero ¿cómo podía decirlo, pensé, cuando todo entendimiento se me escapaba?

Me quedé mirándolo sin decir nada, todo su largo cuerpo recogido en la silla; era una forma de postergar mi respuesta pero también una mirada de despedida, lo estaba contemplando ya con una sensación de arrepentimiento. Me vio mirar cómo se servía otra copa, la tercera o la cuarta en muy poco rato, los efectos del alcohol empezaban a resultar visibles; y una vez más se me ocurrió la idea, más preocupante ahora, de que Mitko estaba reuniendo el valor para algo que se avecinaba. Bueno, dijo, ¿qué eliges?, y aunque todavía no había tomado ni mucho menos una decisión me sentí presionado para estar a la altura de su tono, una presión que agradecí porque me liberaba de tener que decidir. Sí, dije entonces, sí, creo que es lo mejor, pero no me detuve ahí; lo siento, le dije, lo siento, y luego, esto es triste para mí, *tuzhno mi e*. Me miró en silencio, después se levantó y empezó a vestirse, con movimientos resueltos pero inestables. Imagínate que yo fuera otro, dijo, y había tensión en su voz, hablaba más deprisa y tuve que esforzarme para entenderle, imagínate que fuera una persona distinta, que fuera aquel tipo que te robó, ¿se te ha ocurrido?

¿Se te ocurrió cuando me llevaste a tu casa? Ahora volvió a mirarme fijamente y me pareció otro, tenía una cara que no le había visto antes, una cara que se iba volviendo cada vez más extraña y perturbadora conforme hablaba. Podría haber sido cualquiera, podría haberte robado, podría haberte quitado la cámara y el teléfono, el ordenador, podría haberte hecho daño. ¿No se te ha ocurrido?, volvió a preguntar, e hizo una pausa, me miró con su nueva cara, que era capaz, me pareció, de hacer cualquiera de aquellas cosas, y me pregunté si sería una cara que él acababa de descubrir o una que había mantenido oculta todo el tiempo.

Me puse de pie, sintiendo la necesidad de afirmar mi presencia, y también de interponerme entre él y mis pertenencias amontonadas en un rincón. Me sentí amenazado por él, que era como pretendía que me sintiera. Al principio aquello pareció surtir cierto efecto, pareció batirse un poco en retirada. Pero no soy de esa clase de personas, dijo, lo cual no era una retirada en absoluto, solo era el inicio de un nuevo argumento. Si no fuera por mí ni siquiera tendrías todas esas cosas, continuó, acercándose a donde yo estaba, nadie habría tenido que robártelas, te las dejaste todas en el autobús, y volvió a hacer inventario de mis posesiones, las cosas que había traído y por las que podría haberse sacado unos cuantos cientos de leva en las casas de empeño de Varna. *Ne e li vyarno*, repitió, enervándose, si no fuera por mí lo habrías perdido todo, estás en deuda conmigo, y remató esto último tocándome, no del todo hostil pero sí asertivo, poniéndome la mano en el hombro y empujándome para ver hasta dónde cedía. Y durante todo ese rato mantuvo su cara muy cerca de la mía, su nueva cara, y sentí nacer el miedo como una leve corriente, un hormigueo en los nervios. Mitko, dije, en voz baja aunque esperaba que con firmeza, y repetí su nombre como intentando invocar la cara que sí conocía, Mitko, ahora tienes que marcharte, es hora de que te marches. Sonrió al oír aquello, abrió mucho los ojos con expresión divertida y dio medio paso atrás. Es hora de que me marche, dijo, citándome mis propias palabras, ¿verdad? Y se giró un poco y emitió un sonido, *hunh*, un sonido de perplejidad pero aún divertido, no de enfado, y cuando se volvió otra vez hacia mí su brazo trazó un amplio arco y me golpeó, con el dorso de la mano me golpeó en la cara, una sola vez y no muy fuerte, de modo que cuando caí sobre la cama fue tanto por el shock como por la fuerza del golpe, por el shock y por la pasividad que siempre ha sido mi respuesta instintiva a la violencia. Ambos nos quedamos paralizados, yo en la cama y él plantado delante, como si los dos esperáramos a ver qué iba a pasar a continuación. Ahora sentí miedo de verdad, físico e inmediato y, de un modo bastante extraño, miedo ya del futuro más lejano, preguntándome cómo de magullado iba a quedar y cómo iba a explicárselo a mis alumnos. Observé a Mitko, y me dio la impresión de que estaba sorprendido por lo que había hecho, de que quizá también estaba asustado por lo que pudiera hacer después. Se limitó a quedarse allí quieto un instante antes de lanzarse hacia delante y echarse encima de mí, y debí de encogerme, debí de cerrar los ojos, aunque no fue un golpe lo que sentí en la cara sino su boca, su lengua en busca de mi boca, que abrí sin pensar. Le dejé que me besara aunque aquello no parecía un beso, su lengua en mi boca, era una expresión no de ternura o de deseo sino de violencia, como lo era el peso con el que me aplastaba, inmovilizándome contra la cama mientras frotaba su pecho y luego su entrepierna contra mí; y entonces me agarró la entrepierna con una mano, agarrándola sin hacerme daño pero con autoridad, y yo pensé que sucediera lo que sucediese después iba a permitirlo. Pero no ocurrió nada, estaba encima de mí, insoportablemente presente, y entonces se levantó de golpe de la cama y se marchó, sin llevarse nada y sin decir palabra, aunque por supuesto podría haberse llevado lo que hubiera querido.

Cuando se marchó me quedé allí tumbado, sintiendo mi miedo, que se hacía cada vez más intenso, de modo que durante un minuto o quizá dos o tres fui incapaz de obligarme a moverme, ni siquiera para cerrar la puerta. Observé, como desde la distancia, mi respiración acelerada y el dolor que sentía, no un dolor especialmente fuerte, quizá no habría moretones por los que tuviera que dar explicaciones. Finalmente me levanté, sorprendido de sentirme tan inestable para lo poco que había sucedido, todo estaba bien, me dije, ahora estaba a salvo. Pero mientras echaba el pestillo de la puerta me di cuenta de que no estaba a salvo, de que la fina lengüeta de metal que había entre los dos batientes de madera podía ser forzada con facilidad, apenas ofrecía resistencia. Y los pestillos de las ventanas también eran muy endebles, bastaría un empujón para romperlos. Eran ventanas grandes, lo bastante para entrar o salir por ellas, y algunas daban a la calle, lo cual significaba que no hacía falta entrar por el patio para colarse en mi habitación, cualquiera podría evitar al supuesto vigilante que dormía en su porche acristalado. Entonces me detuve y me quedé mirando las ventanas, consciente de que cualquiera podría verme atisbando entre aquellas cortinas que no ajustaban del todo bien. De forma que la crisis no ha terminado, pensé, usando aquella palabra, crisis; tenía razones para seguir sintiendo miedo. Estaba paralizado, clavado en el sitio, una sensación que recordaba de la infancia, cuando la inmovilidad era la única respuesta al terror que sentía a menudo por las noches. Apenas fui capaz de alargar el brazo para apagar la luz, escuchando por si oía algún ruido procedente de fuera mientras recordaba la cara que me había mostrado Mitko, su verdadera cara, pensé ahora. Él había organizado aquel viaje cuidadosamente; tal vez no hubiera elegido el hotel por el precio ni por su cercanía al mar, sino por una serie de razones completamente distintas, la facilidad para acceder a él y la ineficacia de sus cerraduras. Pensé en los muchos amigos a los que me había presentado, a algunos de los cuales había intentado convencerme para que invitara a nuestra habitación, donde habría sido, ahora caí en la cuenta, completamente vulnerable. Pensé en el chico al que llamaba *brat mi*, que tan obediente se había mostrado en los lavabos del NDK, dispuesto a prestarle cualquier servicio. Probablemente estarían juntos ahora mismo, caminando por las calles mientras Mitko esperaba el momento oportuno para volver. Ahora todas las proposiciones de Mitko se me antojaban trampas, la invitación para ir a los baños termales, incluso a su casa entre los *blokove*, lugares donde Mitko podría haberse convertido en cualquiera de las personalidades hipotéticas que había enumerado, podría haberse convertido en todas a la vez.

Ahora estaba convencido, no iba a poder dormir en aquella habitación, de forma que recogí mis cosas y salí al patio central. El recepcionista emergió de su caseta y vino a mi encuentro; era el mismo hombre al que Mitko había saludado con tanta calidez la noche anterior, y seguramente lo había visto marcharse. Se mostró de lo más solícito cuando le dije que quería cambiarme de habitación, aunque me preguntó por qué; *Ne mi e udobno*, dije, incapaz de decir más, no me siento cómodo en ella. Se encogió de hombros y sonrió, y luego me acompañó a una habitación mucho más pequeña con una sola ventana que daba al patio, casi directamente al porche del recepcionista. Me ayudó a trasladar mis cosas, se aseguró de que quedaba satisfecho, y luego me miró con cara expectante, como si supiera que tenía algo más que decir. El hombre que estaba conmigo, dije entonces, sintiendo que me abrasaba la vergüenza por decirlo, no puede volver, no es bienvenido, no es mi amigo. Al oír aquello la cara del hombre se iluminó, no con malicia o con el desprecio que me había temido, sino con comprensión, y también con una compasión que no me había esperado. Lo entiendo perfectamente, dijo, usted no se preocupe por nada, estaré vigilando y si aparece por aquí me aseguraré de que no le moleste. Se quedó un momento en silencio, y luego, Es una vergüenza que haya gente así en el mundo, dijo, hay que ir con mucho cuidado, pagar, divertirte, y después se tienen que marchar... pero a veces no se marchan, quieren más de lo que se ha acordado. Es una vergüenza, repitió después de una pausa en la que quedó claro que yo no tenía nada que añadir; estaba paralizado por la humillación y solo quería que se fuera. Pero no se preocupe, dijo mientras abría la puerta, esta es una buena habitación —y alargó el brazo para colocar las cortinas de modo que el cristal quedara mejor cubierto—, aquí está a salvo, no se preocupe. Luego por fin se marchó, y cerré la puerta con llave y me tumbé en la cama, sintiendo alivio ahora pero también la rabia de haberme visto sometido a aquello, una rabia que parecía el chirrido seco del embrague de un coche. Tal vez fuera una rabia que Mitko conocía bien, se me ocurrió de pronto, que él conocía mejor que yo. Cerré los ojos y permanecí allí tumbado, aunque pasaría mucho tiempo antes de quedarme dormido.

A la mañana siguiente me desperté temprano. Había algo espectral en la luz que se colaba entre las cortinas, y cuando las descorrí vi que el aire estaba lleno de nieve, aunque los copos eran finos y todavía no cuajaban en el suelo. En el cuarto de baño me examiné la cara, ladeándola a un lado y a otro bajo la luz, aliviado porque apenas habían quedado magulladuras. Salí de la habitación, saludando con la mano al vigilante, que debía de estar llegando al final de su turno, y puse rumbo al Jardín Marítimo, quería volver a ver el agua. Esta vez el parque no estaba desierto, a pesar de la hora y de la nieve; durante el paseo me crucé con parejas de ancianos caminando con brío, hombres con sus perros, incluso ciclistas, todos entregados a su ejercicio matinal junto al mar. Nada más entrar y a la izquierda había un enorme complejo de casinos, desde cuyas profundidades me llegó el ritmo vigoroso de la música de baile; debía de haber una discoteca allí dentro, donde incluso en temporada baja el día aún estaba por llegar. Quería ver el agua, pero no solo verla; quería estar cerca de ella, imaginar si no sentir su frío sobrenatural. Así que caminé por los jardines con paso más decidido, evitando en la medida de lo posible los senderos más sinuosos, y cuando volví a alcanzar la hilera de hoteles y bares y, más allá, la carretera, no di media vuelta, crucé la carretera y me puse de cara al viento, aunque era cortante y cargado ahora de nieve. Tres largas pasarelas se adentraban desde la playa en el mar, cada una de las cuales se ramificaba al final en tres muelles separados, como los brazos, me pareció, de un copo de nieve dibujado por un niño. Eché a andar por uno de aquellos muelles, que a diferencia del parque estaba desierto, al igual que el mar, salvo por las gaviotas y, allá a lo lejos, dos enormes petroleros posados inmóviles en el horizonte. Casi al final del muelle había una gran escultura de piedra, dos estilizadas figuras con túnicas, que podrían haber sido tanto monjes como marineros y que parecían estar abrazándose pero apartando la vista del otro, uno mirando hacia el mar y el otro hacia la orilla, una imagen de deseos irreconciliables. La piedra estaba llena de muescas y cicatrices, disolviéndose ya en la abrasión del aire. Recorrí todo el muelle, que estaba flanqueado por enormes objetos de piedra parecidos a las matatenas del juego infantil, una defensa contra los elementos más inclementes del mar. Caminé hasta el extremo más alejado, el final mismo del muelle, y me quedé un rato mirando aquellas piedras y la espuma blanca que irrumpía entre ellas. Sentí la presión del agua golpeando las piedras y su tenaz resistencia, o lo que parece resistencia y es simplemente una forma más lenta de ceder. La nevada estaba remitiendo aunque el viento seguía siendo feroz, el aire zarandeaba a las aves con la misma violencia que el mar. Ya sentía afluir el remordimiento, todavía era lejano y abstracto, pero sabía que me inundaría, que sería terrible, y mientras contemplaba el movimiento del mar me culpé, pensando amargamente oh, qué he hecho. Permanecí allí hasta quedarme helado por debajo de la ropa y sentir la cara entumecida por el frío. Luego di media vuelta y caminé de regreso hacia la orilla, con pisadas enérgicas y rápidas para reactivar el perezoso riego sanguíneo.

2

UNA TUMBA

Estaba en mitad de una frase cuando llamaron a la puerta y una mujer entró en el aula sin decir palabra. La conocía, naturalmente, trabajaba en la secretaría de la escuela, pero algo en su actitud refrenó mi saludo, quizá su silencio o la insólita formalidad con que llevaba en la mano una sola hoja de papel sin doblar, y caminó hacia mí atravesando una atmósfera extrañamente alterada o inquieta, en la que seguía flotando mi frase interrumpida. Los alumnos se espabilaron un poco al oír llamar a la puerta, no porque hasta ese momento estuvieran exactamente aburridos, sino porque cualquier interrupción es siempre bienvenida, y sobre todo cuando sugiere algún drama oculto, como cuando esta mujer, a quien consideraba casi una amiga, que conmigo siempre había sido amable y que seguramente pensaba que ahora me dedicaba un gesto de amabilidad, se me acercó deprisa pero con aire apocado para entregarme lo que llevaba. Me descubrí azorado cuando tomé el papel de su mano, plantado torpemente ante unos alumnos a los que un momento antes había estado hablando con desenvoltura, incluso con elocuencia, recitando unas ideas que tiempo atrás me habían apasionado y que ahora eran un repertorio de gestos apagados, una costumbre. Estábamos a mediados de septiembre, en el inicio mismo del año escolar; el sol caía con fuerza, y en el aula, que estaba en un piso alto y recibía el pleno embate de la luz matinal, hacía un calor casi insoportable, a pesar de que teníamos las ventanas abiertas. Era hacia aquellas ventanas adonde sentía deseos de mirar, no hacia la hoja de papel ahora en mi mano, sino hacia los árboles y el campo detrás de ellos y la carretera y, aunque solo tenía un atisbo de ella, a la montaña que se elevaba más allá de los enormes bloques de viviendas gubernamentales. Pero obviamente miré el papel, un correo electrónico que había sido enviado a la dirección de la escuela y que esa mujer, amiga mía o casi, había impreso para entregármelo en mano. Se quedó a mi lado mientras leía, todavía sin decir nada, y su silencio inspiró o impuso también silencio a los alumnos, que se estremecían de interés, intuyendo que era alguna noticia importante y esperando que fuese de libertad, o al menos de interrupción de la rutina. Y eso mismo era, no habría más clases ese día, o al menos no conmigo. Mi padre se había puesto enfermo, leí, repentinamente y de gravedad; corría peligro, podía morirse, y había pedido que fuera a verlo, a pesar de que llevábamos años sin hablarnos. Cuando leí esto miré con impotencia a la mujer que estaba a mi lado, incapaz de hablar. Me tendió la mano, diciendo Está bien, váyase, ya me quedo yo con ellos, para eso he venido, hablando en búlgaro como hacía siempre delante de los alumnos, avergonzada de su inglés. Conseguí darle las gracias, o eso creo, y murmuré algo a la clase, una disculpa quizá, no estoy seguro, y luego dejé el aula, a la mujer, a los alumnos ansiosos de noticias, la frase que ya nunca volvería a ser retomada; dejé el aula y bajé las anchas escalinatas y salí al día ardiente. Aunque ya era septiembre y otoño, el sol se abatía sobre las calles como una ola, la hierba estaba seca, los árboles parecían marchitarse en sus cascarones; pero yo caminaba sin pensar, sin apenas notar el calor. Probablemente pasé junto a los augustos y algo desmoronados edificios de mi escuela, los bloques soviéticos de la academia de policía, la verja con sus guardias, los perros acurrucados a la sombra de al lado; probablemente pasé junto a todo eso, pero no conservo ninguna memoria de haberlo hecho. Estaba viendo otras cosas, imágenes que estallaban en mi interior, escenas de una infancia en la que no había pensado en años; me había esforzado mucho por olvidarlas, pero ahora acudieron todas de golpe, demasiado deprisa para poder encontrarles un sentido. No fue hasta después de llegar a Malinov, el bulevar principal, con sus carriles de coches penosamente atascados en el calor, cuando aquella procesión de imágenes empezó a ralentizarse y aposentarse, resolviéndose en escenas más nítidas de la vida que había dejado atrás. Vi la granja de mis abuelos, a mi padre tumbado en medio de un amplio campo que usábamos como pasto, me vi a mí tumbado junto a él. Era tarde, y creo que verano, la noche era fresca pero por debajo de mí notaba el suelo liberando el calor de la jornada, su larga exhalación. Recuerdo la libertad que sentía, despierto mucho después de mi hora de acostarme, y también mi padre era libre, tras haber dejado de lado por una vez el trabajo que llenaba sus días y noches. Era el único de su familia que había ido a la universidad, estudió derecho y se mudó a la ciudad, y aunque no quedaba lejos de donde él y mi madre habían nacido, se trataba de un mundo distinto. Odiaba volver a su pueblecito, a la pobreza y la mugre de las que tanto había luchado por escapar; solo iba por allí una o dos veces al año, a diferencia de mi madre, que nos llevaba a menudo a visitar a su familia, era importante que supiéramos de dónde veníamos, decía. La suya era una familia de pequeños granjeros, pobres, y aunque me encantaba visitarlos sabía que mi vida siempre sería distinta de la suya, mi padre se aseguraba de recordármelo. Después de los veranos que pasábamos en la granja volvíamos hablando como ellos, mi hermano y yo, usábamos acentos y expresiones rurales del sur, y mi padre nos lo recriminaba, con una rabia que yo no entendía; No habléis así, decía, no os he criado para que habléis así. Cuando nos quejábamos de que siempre estaba fuera, de todo el tiempo que pasaba en la oficina o en viajes de trabajo, nos decía que diéramos gracias, decía que teníamos suerte de que trabajara tanto, no sabíamos la suerte que teníamos, nos estaba dando una vida mejor que la que él había tenido. Era raro que dejara de lado su trabajo como hizo aquella noche, tumbándose conmigo en el campo, cuando yo era todavía lo bastante pequeño para ser una parte de él, para tocarlo y ser tocado por él. Debía de ser verano, la noche bullía de sonidos, con insectos y ranas y los graves murmullos del ganado; eran sonidos familiares y sin embargo cada noche me sorprendían, su densidad y su cercanía, como una pesada colcha bien arrebujada. Estaba oscuro como nunca lo estaba en la ciudad, y si me hubiera encontrado allí solo habría pasado miedo, creo, no era un niño valiente; pero mi padre estaba tumbado a mi lado, grande y cálido sobre la hierba, su cabeza apoyada en el cojín de sus manos. Imité aquella postura mientras escuchaba cómo su voz me dirigía a las estrellas y sus formas, que yo nunca conseguía distinguir, las formas y los nombres que yo amaba, algunos extraños y otros prosaicos, Casiopea, recitaba, el Carro Mayor y la Osa Menor. Estaba inmerso en la confianza de mi padre, la sentía a mi alrededor, densa y cálida, y por eso no me asustaba pensar en las estrellas y en los millones de años que habían pasado desde que se creó aquella luz, incluso la misma luz que ahora llovía sobre nosotros; tampoco me asustaba pensar en la oscuridad que había atravesado o en la oscuridad (decía mi padre) de la que procedía, la estrella en sí que ya se habría apagado, quizá, habiendo cesado de producir la luz que nos llegaba y que nos continuaría llegando durante millones de años; o tal vez entonces (la voz seguía hablando pero creo que no a mí) caería donde no habría nadie para recibirla, aquella luz huérfana, quizá llovería sobre terreno yermo, nuestra especie humana se habría marchado a otra parte, o quizá se habría extinguido por completo. Seguramente solo ahora imagino, desde la distancia, que había nostalgia en su voz mientras hablaba, seguramente entonces no la oí, cuando me giré hacia él y lo rodeé con los brazos y sepulté la cara en su pecho, como todavía era lo bastante pequeño para hacer, cuando él a su vez me envolvió en sus brazos, abrazándome aun cuando notaba que se había retraído en su propio ensueño o contemplación. Pero la oigo, la nostalgia que creo que experimentó mientras se alejaba de mí y de la escena que habitábamos juntos, y que tan diferente debía de parecerle a él, ya que representaba la vida de la que había escapado. Solo unos seis meses antes del día en que salí del aula y me adentré en el calor de septiembre había entendido plenamente la magnitud de su nostalgia y la medida real de aquello de lo que había huido. Mis hermanas habían venido a visitarme a Sofía, mis hermanastras, las dos hijas que mi padre había tenido con su segunda esposa. Eran más de una década menores que yo, y siempre había sentido una ternura abrumadora por ellas, que competía con la envidia que me producía el amor que mi padre les profesaba con tanta libertad. Esto era especialmente así respecto a la más joven, G., a quien mi padre quería como no había querido a ninguno de los demás; se deleitaba en su rapidez cuando era una niña, la manera en que corría por toda la casa, calmándose solo cuando la atrapaba y la tomaba en brazos. Fue G. quien una noche nos contó las historias que él había compartido con ella, historias que yo no recordaba haber oído nunca, aunque de vez en cuando algún detalle de lo que contaba despertaba como en la distancia un vago tono familiar. Llevábamos años sin vernos, y durante aquel tiempo el segundo matrimonio de mi padre había fracasado, poniendo fin a lo que siempre me había parecido la buena fortuna de mis hermanas. Una de ellas acababa de terminar la universidad, la otra todavía estudiaba, y me quedé impresionado al verlas; eran competentes y adultas, elegantes, con una sofisticación que yo nunca habría soñado tener. Estábamos en la sala principal de mi apartamento, sala de estar y cocina, rodeados de los restos de una pequeña fiesta que habíamos celebrado; estábamos sentados con media botella de vino, dos de nosotros a la mesa y G. sola en el sofá. Habíamos dejado que la sala quedara casi a oscuras, solo unas cuantas velas seguían ardiendo, y a través de las ventanas las luces de los *blokove* vecinos se veían preciosas, ahora que el gris de su cemento se había fundido con la noche. Era mi cumpleaños, todos habíamos estado bebiendo, pero G. con un abandono que me preocupaba. Había llegado unos días antes que mi otra hermana, y todas las noches que pasamos los dos solos se había quedado levantada bebiendo hasta mucho después de que me hubiera retirado exhausto a la cama. Había un deje de desafío en su forma de beber, una afirmación de su condición adulta, pero también algo de desesperación, pensé, una huida de algo o hacia algo. Su distanciamiento de mi padre era lo bastante reciente como para que la pérdida todavía produjera una especie de carga eléctrica en ella, de tal forma que a veces cuando hablábamos me parecía verla sacudirse por la descarga. Toda mi vida, me dijo en aquellas primeras noches que pasamos juntos, hablando con el estupor de alguien para quien el examen de la propia vida todavía ofrece una promesa de revelación o de huida, toda mi vida la he pasado intentando complacerle, dijo, todas las decisiones que he tomado han sido sus decisiones, es como si nada de lo que he querido hubiera sido en realidad mío. Así que ¿qué hago ahora?, preguntó, ¿cómo puedo saber siquiera lo que quiero? Siempre había tenido mucho ímpetu; de niña se había esforzado en la escuela más que el resto de nosotros, había destacado en deportes, había sido presidenta de su clase, excepcional en todo lo que hacía. Ahora cuestionaba todo aquello, dijo, todo lo que había hecho, todo lo que había querido, no solo aquellas ambiciones públicas sino también necesidades más privadas. Nunca habíamos hablado de sexo; nos separaban demasiados años y yo siempre lo había evitado por timidez, aunque ella sabía algo de mi historia por los poemas que había publicado, y que había buscado y leído con una atención que rara vez, seguramente en ningún otro caso, habían recibido. Solo quería quitármelo de encima de una vez, dijo sobre la primera vez que había tenido sexo, fue un alivio, no quería que fuera algo demasiado importante. Tenía catorce años cuando había empezado a salir a hurtadillas de casa, me contó, los chicos la esperaban, sus coches con el motor encendido en la calle de al lado; siempre eran chicos mayores, dijo, primero de último curso de su instituto y después universitarios a los que conocía en fiestas. Yo les mentía sobre mi edad, me contó, les decía que tenía dieciséis o diecisiete años y me creían, o quizá solo fingían creerme. Tampoco es que fueran tantos, dijo al ver mi consternación, ni siquiera tuve sexo con todos, simplemente me gustaba estar con ellos, me gustaba recibir su atención. No sé por qué sus historias me producían desazón, cuando a su edad yo había hecho cosas mucho peores, sexo en parques y en lavabos, sexo peligroso e indiscriminado; pero me turbaba que su historia y la mía parecieran mostrar cierto paralelismo, que compartiéramos lo que yo había considerado mi tormentosa aflicción. Y sabía que ella dejaría atrás las satisfacciones que había encontrado, que pronto desearía otras y más intensas experiencias, impulsada hacia delante por aquellos apetitos que compartíamos, aquella necesidad humillante que siempre, hasta en mis momentos de aparente orgullo, ha corrido junto a mí en la vida como un perro presto a atacar. Incluso esos deseos, pensé mientras escuchaba a mi hermana, parecían transmitidos por mi padre como una enfermedad heredada. Fue de mi padre de quien hablamos aquella noche después de la fiesta, como hacíamos siempre que estábamos juntos; pero ahora la furia de mis hermanas había cambiado, su madre les había hablado de la crueldad de mi padre, de sus numerosas aventuras y de la sensación de abandono que le había provocado. Pero G. ya estaba al corriente de aquellas aventuras, dijo, sabía de ellas desde hacía mucho tiempo. Era muy pequeña, nos contó, cuando había descubierto las infidelidades de mi padre, que ya entonces habían empezado a perturbar su existencia, que explicaban toda la tensión y el ruido que la rodeaban, las incesantes peleas entre sus padres. Tenía trece o catorce años cuando encontró la caché de páginas web y chats que él visitaba; ni siquiera se molestaba en esconderlos, dijo mi hermana, no había ninguna contraseña que adivinar, los había encontrado sin buscarlos en realidad, más aburrida que curiosa mientras iba cliqueando en los archivos. Era el ordenador de él, pero a ella se le permitía usarlo de vez en cuando, así que no se podía decir que estuviera merodeando por territorio prohibido cuando casi por accidente se encontró con las imágenes que tenía guardadas, cientos de ellas, dijo, mostrando a hombres con mujeres, o a dos mujeres solas. Era como si las hubiera archivado siguiendo una lógica de progresión, las imágenes volviéndose cada vez más obscenas y perturbadoras, pequeñas estampas de sumisión y necesidad. Jamás se le ocurrió contarle a su madre lo que había encontrado, dijo; para entonces ya había sido enrolada en las batallas de sus padres, sometida a esa crueldad hacia los hijos que muestran los adultos en lucha, una crueldad que reduce a esos hijos a herramientas o armas, armas de un tipo particularmente brutal. Mi padre la había convertido en su aliada, el primer impulso de ella había sido protegerlo, así que no solo era consciente de lo que estaba haciendo sino que estaba implicada en ello, esa fue la palabra que usó, implicada. Pero no era solo eso, me imaginé, no era solo el guardar sus secretos lo que la implicaba; pensé que debía de existir también otra clase de fascinación mientras nos contaba cómo volvía una y otra vez a aquella colección de imágenes, rastreando sus cambios, sus añadidos y sustituciones. Y pronto quiso más, se volvió retorcida, instaló un programa en el ordenador que registraba todo lo que él tecleaba. Qué, me dijo al ver mi sorpresa, es fácil, hay millones de ellos, solo tienes que descargarte uno de internet, y tuve que reírme, a pesar de lo que me estaba contando y de la turbación que sentía. Ahora podía seguir sus huellas, continuó, tenía las contraseñas de las páginas web que habían sido bloqueadas, chats y páginas de contactos, y no solo eso; en aquellos nuevos registros podía obtener la transcripción de sus conversaciones, o no exactamente conversaciones, ya que solo podía leer la parte de él, una voz solitaria proclamando sus deseos. Leía sus perfiles, las diferentes identidades que se inventaba, todas ellas una mezcla de lo real y lo ideal. A veces decía que era soltero, otras mentía sobre su edad, en uno usaba una foto de hacía una década. Era ridículo, dijo, a quién creía estar engañando, se notaba que era una foto antigua. Había una web que era para hombres casados, existía todo un mercado para ellos, dijo, ¿os lo imagináis? Fue en aquella página donde se acercó más a contar la verdad sobre su vida, y entre sus atractivos enumeraba a sus hijos, nuestros logros, las buenas escuelas y los premios, las maneras en que todos habíamos intentado complacerle; todo estaba allí expuesto como un plumaje grotescamente exhibido. Pero a lo que volvía una y otra vez, dijo abruptamente, como retomando una línea de pensamiento interrumpida, era a las transcripciones que producía su programa informático, al registro de cada tecla pulsada. Leía aquellas líneas con una mezcla de fascinación y repugnancia, dijo, contemplando cómo se desplegaban ante ella las fantasías de mi padre en forma esquelética, los tonos suplicantes, la jactancia y las órdenes que quedaban claras incluso a pesar de la pobreza del tecleo, los símbolos y abreviaturas de los chats que hacen que el lenguaje de internet se parezca tanto a un proceso de descomposición. Mientras la escuchaba, me imaginé (imaginándome en su lugar) que ella no podría haber evitado aportar la voz que faltaba, inventarse las invitaciones o las evasivas a las que las líneas de mi padre respondían o provocaban, hasta que debió de tener la sensación de que había entrado a formar parte de aquellas representaciones, me imaginé, cómo podría haber sido de otra manera. Durante meses siguió sus conversaciones, nos contó, volviendo sobre ellas cada pocos días. Debería haber sabido que acabaría pasando, dijo, es decir, lo sabía, supongo que lo estaba esperando, pero aun así la sorprendió cuando se dio cuenta de que él había eliminado una de aquellas conversaciones de la red. Se estaba tirando de verdad a una de aquellas mujeres, dijo mi hermana acompañando sus palabras con una mueca, no se estaba limitando a tontear en internet. Y entonces, como todavía no había contado ni una palabra de lo que sabía, no solo se sentía cómplice, nos contó, sino también culpable de un delito. Empezó a mostrarse más difícil con su madre, se peleaban todo el tiempo, nos contó, sentía por ella lástima y repugnancia, no estaba segura de cuál de las dos sentía más. Él nunca chateaba con una sola mujer, siguió contando, siempre lo hacía con varias a la vez. A veces era educado, dulce, pero podía ser también grosero, a algunas las trataba con aspereza, era como si fuera una persona distinta con cada una. También era algo que me sucedía a mí, pensé mientras la escuchaba, es una de las cosas que más me atrae de las páginas web que frecuento, que puedo mantener múltiples conversaciones, cada una con su propia ventana de forma que a veces mi pantalla se llena de ellas; y en cada una tengo la sensación de ser completamente falso y completamente verdadero, como el yo de un relato, supongo, o como la identidad que habito cuando doy clases, la de la autoridad y el ejemplo. Sé que es todo cuanto poseo, esas identidades parciales, verdaderas y falsas a la vez, que cualquier ideal de totalidad al que aspire será una farsa; pero aun así aspiro a ella, creo que a veces la vislumbro, incluso imagino que la he sentido. Tal vez sea una ilusión pero creo que sentí esa totalidad en aquel campo con mi padre, a solas los dos y con la noche envolviéndonos, y mi padre fue necesario para ello aun cuando se retrajera a sus propios anhelos, tal como imagino ahora, contemplando las estrellas que yo contemplaba a su lado, aunque tal vez yo lo contemplara más a él que a las estrellas. Su retraimiento no disminuía nuestra intimidad sino que la intensificaba, era una señal de vulnerabilidad y de confianza, como cuando un animal te da la espalda. Emergí de estos pensamientos para encontrarme en una callecita en lo más profundo de los *blokove*, que se alzaban adustos a ambos lados con sus doce o trece pisos de altura, tan largos como manzanas enteras, su vacuidad mitigada por los grafitis y, más arriba, por las hileras de ropa tendida al sol, así como por las fisuras y desconchones donde las fachadas se habían resquebrajado. Mientras recorría un estrecho pasaje entre los edificios y los coches aparcados con el morro casi pegado a sus paredes, como gatitos amamantando, miré dentro de aquellas cajas en penumbra enmarcadas por las ventanas junto a las que pasaba, apartamentos idénticos en tamaño y forma aunque ninguno era exactamente igual. Caminaba deprisa y solo podía vislumbrarlos, pero en cada uno había algún rasgo distintivo, un macetero con flores o cortinas estampadas o pequeños paneles de cristales de colores colgados para captar la luz, tentativas de belleza, pensé, o al menos señales de cierto cuidado. Casi todas las habitaciones estaban vacías, pero en algunas había figuras solitarias, ancianos o ancianas, a veces absortos en alguna tarea pero casi siempre sentados sin más y abanicándose, mirando pequeños televisores o simplemente mirando, sus rostros vueltos hacia las ventanas junto a las que pasaba, de forma que nuestros ojos se encontraban un momento y veía su vacuidad animarse y cambiar, como agua en reposo agitada por una piedra. Era un bálsamo del que no era consciente, la seguridad que sentí tumbado junto a mi padre, y me sostuvo durante sus muchas ausencias, incluso años después, cuando abandonó a mi madre y estuvo ilocalizable durante meses, y luego reapareció en un hogar nuevo donde solo éramos bienvenidos previa invitación. Incluso después de que mis padres se separaran, aunque cada vez de manera menos frecuente, seguí teniendo aquellos momentos de cercanía con mi padre. Hasta que tuve ocho o nueve años disfruté de un acceso a su presencia física libre de sospecha o duda, pese a estar cobrando conciencia de las diferencias entre su cuerpo y el mío, conciencia y también interés, turbado quizá y atraído por esa turbación, de forma que lo que habían sido nuestros juegos (la carrera hasta el lavabo después de un largo trayecto en coche, meando muy juntos en aquel estrecho espacio) se convirtieron en momentos de cada vez mayor solemnidad y desazón, transidos de un misterio que no alcanzaba a descifrar. Lo mismo me sucedía con mis amigos, los niños cuya compañía buscaba ahora con una nueva urgencia, y aunque esta todavía era leve y privada de intenciones, ellos notaban la pasión añadida. Empezaban a considerarme como una especie aparte, y lo que era una sombra de separación entre nosotros iba a convertirse en absoluta, ya lo presentía con un miedo terrible. No me acuerdo de la edad que tenía cuando me di cuenta del alcance real de aquella separación, debía de tener nueve o diez años, todavía lo bastante pequeño para ducharme con mi padre, aunque ahora cada vez ocurría menos y me excitaba más, de una forma misteriosa que conduciría a la aún inimaginable ruptura a la que ya me estaba aproximando. Aunque no recuerdo ni la estación ni el año ni nada de lo que se dijo, sí me acuerdo del cuarto de baño, las bombillas ornamentales y los azulejos y el agua que ya corría, el espejo empañado por el vapor; y también me acuerdo de mi padre, su cuerpo grande y desnudo, la fascinación que ejercía sobre mí y su disponibilidad en aquel espacio reducido donde, riendo, forcejeábamos para ponernos bajo el chorro de agua caliente. Ya era lo bastante mayor para lavarme solo pero todavía nos tocábamos; él me pedía que le frotara la espalda, que le costaba alcanzar, y luego a cambio me frotaba la mía. Aunque a menudo podía ser severo y hasta cruel, allí era amable conmigo; si se me metía jabón en los ojos él me los enjuagaba, inclinándome la cara hacia arriba con la mano, un tipo de atención física que rara vez mostraba. Habíamos salido de la ducha al suelo de azulejos, que podía ser resbaladizo, él me lo recordaba siempre, Ten cuidado, me dijo, y entonces me acerqué a él, no con ninguna intención específica pero tal vez tampoco con inocencia, después de tantos años no puedo estar seguro, como tampoco puedo recordar si él estaba de cara o de espaldas a mí, aunque debía de haber estado de espaldas porque si no me habría detenido o evitado mi contacto. O tal vez sea más cierto decir que yo era inocente pero no desprovisto de intención, qué otra cosa fue lo que me movió sino una intención, una intención corporal; quería tocarlo, no con un objetivo en mente sino con un anhelo, tal vez no una intención pero sí un anhelo, que me atrajo hacia él y que él también sintió cuando lo rodeé con los brazos y pegué mi cuerpo al suyo y notó mi erección sobre su piel. Aquel fue el final de sus atenciones, me apartó de un empujón sin importar ya que los azulejos resbalaran; y cuando le miré a la cara, que estaba retorcida en una mueca de asco, fue como si viera su rostro verdadero, su rostro auténtico, no el rostro adquirido de la paternidad. Se cubrió a toda prisa y salió del baño, sin decir palabra, pero su mirada entró en mí y se aposentó y ya no se marchó nunca, echó raíces por debajo de la memoria y se convirtió en mi noción de mí mismo, mi noción y expectativa. A partir de aquel día, la sensación de bienestar que habíamos disfrutado juntos desapareció. Mi padre se llevó consigo toda la seguridad que yo había sentido, la certeza de mi vínculo con él, el vínculo primario; hasta aquel día no me había dado cuenta de que podía disolverse como cualquier otro. Y fue como si perdiera algo de mí mismo también, como si al apartarse mi padre de mí de alguna forma me hubiese vuelto menos real, menos sustancial o menos seguro de mi sustancia, como si yo también fuera algo que pudiera disolverse. Todavía se me aparece, aquella mirada, volví a verla mientras caminaba entre los *blokove* sin pensar hacia dónde caminaba. El sol estaba alto y yo ya estaba empapado en sudor, la hoja que me habían dado era una bola de papel reblandecida en mi mano. Pasarían años antes de que mi padre pronunciara las palabras que cortaron finalmente el vínculo entre nosotros, pero ya no hubo más duchas ni juegos. Tampoco pude encontrar en ningún otro lugar la intimidad que había dado por sentada: los amigos a los que acudía se asustaban de la necesidad que sentía de ellos, y pronto lo mejor a lo que pude aspirar fue a su indiferencia. Fue entonces cuando me retiré a esa inquieta soledad de la que nunca he emergido del todo. Solo una vez me permití imaginar que había vuelto a encontrar la intimidad perdida, y ese recuerdo también volvió a mí mientras caminaba por una parte de Mladost que nunca había visto. Los *blokove* estaban cada vez más espaciados, había grandes descampados entre ellos y también moles en construcción abandonadas, enormes estructuras de cemento alzándose como ruinas desenterradas o como barcos deteriorándose en el mar. Todas las superficies estaban cubiertas de grafitis, obscenidades absurdas o eslóganes o manifestaciones artísticas de una incompetencia extrañamente infantil, conmovedoras en su incompetencia; y aunque la zona debía de estar habitada, esos grafitis eran la única prueba que veía desde hacía rato de alguna presencia humana, los grafitis y también, bajo las ramas que colgaban sobre el cemento, charcos pegajosos como el alquitrán donde la fruta madura había caído y sido pisoteada hasta convertirse en pulpa, atrayendo a unos grandes pájaros negros que escarbaban y hurgaban y alzaban el vuelo entre graznidos al acercarme. Parecía un país de cuervos, si eso es lo que eran, de cuervos y de perros, que en Sofía están por todas partes pero que aquí eran más salvajes y numerosos; eran criaturas maltrechas, feroces, más desesperadas que los perros de donde yo vivía. Algunos parecieron querer abalanzarse sobre mí cuando los sobresalté, tensando el cuerpo y gruñendo de una forma que normalmente me habría alarmado pero que ahora me tomé con calma, dispuesto a enfrentarme a ellos, dispuesto a lanzarme contra ellos si hacía falta; casi estaba ansioso por hacerlo, y tal vez fue esa ansia la que los mantuvo a raya. Había perros de todas las clases y tamaños, aunque estaba claro que allí se necesitaba cierta corpulencia para sobrevivir, y la mayoría eran musculosos y de envergadura media, con rasgos de toro y mandíbulas cuadradas, perros robustos y de una elegancia brutal que me resultaba atractiva, al igual que su pelaje corto, moteado y rubio oscuro, de modo que cuando dormían parecían cervatillos acurrucados en la hierba alta. No todos los perros eran hostiles, algunos eran bastante sociables, emergiendo para corretear junto a mí unos cuantos pasos, agitando sus colas bajas. Normalmente me habrían dado lástima, sobre todo el más amigable de todos, un hermoso perro que correteó junto a mí más rato que los demás y que tenía una espantosa cicatriz en el costado derecho. La piel había sido desgarrada y sanada de forma desigual; se veía arrugada, sin pelo e inflamada, como si algo hubiera medio derretido la carne a lo largo de su flanco. Era una cicatriz terrible, de una herida a la que tenía suerte de haber sobrevivido, y sin embargo era el menos salvaje de los perros, el que más ansiaba mi atención; en un momento dado incluso me empujó suavemente la mano con el hocico, la mano en la que llevaba la noticia sobre mi padre. Era una crueldad ignorarlo pero lo ignoré, y pareció quedarse conmigo tanto tiempo como se atrevía, antes de llegar a una frontera invisible y dar media vuelta. Yo no di media vuelta, seguí caminando hasta el confín mismo de la zona habitada, donde los *blokove* daban paso finalmente al borde de una abrupta pendiente. En el terraplén había hierbas y árboles dispersos y más allá de los árboles un enorme descampado que se extendía durante kilómetros; y al otro lado se levantaba un nuevo barrio de torres de cemento, lo que hacía que aquello pareciera una bahía, la media luna de *blokove* alzándose sobre las hierbas como si fueran aguas. Donde me encontraba el pavimento se interrumpía, marcando una frontera incierta, un lugar no del todo agreste; y de repente, sin decidirlo, empecé a descender por aquel empinado terraplén. Costaba bajar por él, sobre todo con los zapatos que había llevado en clase, unos zapatos negros de vestir del tipo que mi padre me había enseñado a cuidar de pequeño, embetunándolos hasta que relucían. Los zapatos son una señal de quién eres, me decía, y yo nunca tenía el cuidado suficiente con ellos, me olvidaba de que los llevaba y corría con ellos puestos, se me ensuciaban o se me rayaban y él decía que no daba ningún valor a las cosas, o peor todavía, que no tenía orgullo, el orgullo que me correspondía como hijo suyo. Era difícil mantener el equilibrio en aquel terreno que cedía bajo mis pies, y pronto mis zapatos quedaron embadurnados por el barro removido. Durante años, después de aquel día en la ducha, no hubo nada que reemplazara la intimidad que había perdido con mi padre, y cada vez más busqué refugio en los libros, no en los libros serios ni importantes sino en los que me ofrecían una escapatoria de mí mismo, y fueron aquellos libros, o mejor dicho el amor compartido por ellos, lo que me unió a los pocos amigos que tenía y lo que sentó la base de mi amistad con K. Era de mi ciudad aunque nuestros caminos nunca se habían cruzado, vivía en otra zona e iba a una escuela distinta. Pero teníamos amigos en común, y uno de ellos sugirió que deberíamos conocernos. Me llamó una tarde en la que K. había ido a su casa; Os gustan los mismos escritores, dijo, y luego le tendió el teléfono a K. Pasarían meses antes de que nos conociéramos en persona, y durante esos meses nuestras conversaciones se hicieron más largas y frecuentes, hasta que se convirtieron, creo que para ambos, en el elemento primordial de nuestras vidas; a veces hablábamos durante toda la noche, como solo se hace en la adolescencia o al principio de estar enamorado. Yo me sentía feliz, pero también atormentado por una ansiedad cuya causa no podía encontrar, que me atormentaba más profundamente por el hecho mismo de no poder encontrarle una causa. Durante meses nuestra amistad no consistió más que en palabras, y aunque quería conocerlo en persona, eso me confortaba; ya intuía que lo mejor de mí eran las palabras, que era en las palabras donde florecería nuestra amistad. No tardamos en contárnoslo todo acerca de nosotros, todas nuestras historias, numerosas veces, y nunca me cansaba de ellas, ni de su voz al contármelas. Quería verle pero me asustaba, también, la idea de que nos encontráramos, de que K. viera el cuerpo que cada vez me resultaba más ajeno, desmesurado y deforme, que en ningún modo se ajustaba a mi idea de mí mismo, al ser que vivía en mi interior. Pero por fin nos conocimos en persona, en octubre, casi a finales de mes. Reinaba una especie de veranillo de San Martín, de una tibieza sorprendente y placentera. Estaba viviendo en el sótano de la casa de mi padre, después de una temporada viéndome arrojado de una casa a otra, consecuencia de las batallas de mis padres, que no habían terminado, llevaban años en los tribunales. Cuando la madre de K. lo dejó en mi casa al principio nos comportamos con timidez, me llevó un momento reconciliar la voz que conocía con el muchacho que ahora tenía ante mí, que era más bajito que yo y delgado, con un pelo rojo que dejaba que le colgara sobre los ojos y una cara hermosa, pálida, surcada de acné. Habíamos elegido mi casa y no la de K. porque en la mía disfrutaríamos de más soledad y libertad, y aunque no teníamos planes claros de cómo usarlas sentíamos una preferencia instintiva por ellas. Mi padre nos dejaría mucho espacio, siempre le habían incomodado los niños, de hecho todos los desconocidos, así que después de estrecharle la mano a K. nos dejó solos. Nos había pedido pizza y nos la comimos en mi habitación del sótano, mientras hablábamos y reíamos. Teníamos toda la libertad que podíamos querer y sin embargo esperábamos una libertad aún mayor, el momento en que mi padre y mi madrastra se retiraran al piso de arriba de la casa y dejaran vacía la amplia planta intermedia que nos separaba. Y entonces, cuando pensamos que ya estarían durmiendo, nos colamos en el garaje, donde era fácil desconectar el mecanismo de la enorme persiana automática y luego subirla lentamente, silenciosa o casi silenciosamente, lo justo para pasar arrastrándonos por debajo. Yo lo hacía casi todas las noches, aunque no había razón para ello, no tenía a donde ir, vivíamos en una zona residencial y todas las calles eran iguales. Tampoco tenía ningún sentido el secreto, porque a esas horas mi padre ya se había desentendido en gran medida si no del todo de mí, y podía hacer lo que se me antojara. Pero por alguna razón era crucial que me escapara a hurtadillas, que desapareciera de mi habitación sin que nadie se enterara, lejos del alcance de la autoridad a la cual debía someterme durante el resto del día, en la escuela y en casa; solo durante aquellos paseos sentía que podía bajar un poco la guardia que mantenía alta el resto del tiempo. Hiciera el tiempo que hiciese salía a deambular, y ahora deambulé con K.; lo introduje en mi soledad y él la intensificó sin trastornarla. Bajamos la empinada cuesta desde la casa de mi padre, que se elevaba por encima del resto del vecindario, una señal de lo lejos que había llegado. Era la víspera de Halloween, así que, esa vez, había algo que ver en las calles, las casas habían sido decoradas para la celebración, cada una más elaborada que la anterior. Los árboles se habían convertido en moradas de fantasmas, había espantapájaros y calabazas iluminadas y demonios de todas clases, aquelarres enteros de brujas de plástico danzando con ropas harapientas. Todo era burdo y chabacano, una invitación a hacer alguna trastada. Nos imaginamos robando adornos de un jardín y colocándolos en otro, pensamos en arreglos obscenos... pero no llegamos a hacer nada, el placer estaba en planificarlo, en nuestra inventiva, y acabamos doblados en dos ahogando nuestras risas sofocadas, con lágrimas en los ojos. Pero también había otro tipo de adornos, aún más estridentes: era año de elecciones, y había carteles electorales entre los fantasmas y los calderos, una extraña yuxtaposición de jocosidad y beligerancia. Durante meses los noticiarios habían estado llenos de debates y voces alzadas, y mi casa también se había llenado de ellos; a mi padre le encantaba soltar peroratas, y por primera vez había empezado a desafiarlo, deseando expresar una opinión propia. Era como si cada una de mis palabras fuera una provocación, cada discusión se convertía en una pelea; aunque él intentara mantener las distancias, seguíamos entrando en conflicto y nuestros enfrentamientos eran una especie de representación teatral, como animales entrechocando sus cornamentas. Vivíamos en un estado republicano y mi padre sostenía las opiniones que cabía esperar, como toda la gente que conocía, o al menos eso me parecía; pero K. y yo estábamos de acuerdo, odiábamos el partido de mi padre y a los dos nos enfurecían los carteles de los jardines, que repetían casi todos los mismos nombres. K. se acercó a uno de aquellos carteles y le dio una patada, torciendo un poco sus patas de alambre, y luego lo arrancó del suelo, lo partió en dos y tiró las dos mitades al césped. Al principio me quedé muy impactado, pero luego aquello me encantó, y agarré un cartel yo también. Durante un rato nos fuimos turnando, hasta que al final se impuso el entusiasmo o la impaciencia; K. eligió un lado de la calle y yo el otro, y fuimos metódicamente de casa en casa, destrozando todos los carteles que había a la vista, imaginando tal vez que estábamos destrozando otra cosa. Mientras nos alejábamos, de nuevo riendo, K. me echó un brazo por los hombros. Era un gesto despreocupado pero al que no estaba acostumbrado, y casi me aterró la felicidad que me invadió, que me llenaba y vigorizaba y al mismo tiempo comportaba una amenaza; era algo demasiado incontrolado, no había nada que pudiera ponerle freno. Caminando a su lado volví a sentirme firme, más seguro de mí mismo de lo que había estado en años, con su brazo sobre mis hombros y el mío en torno a su cintura. Íbamos chocando el uno contra el otro pero qué importaba, no nos veía nadie, nos movíamos con una libertad desmañada pero libertad después de todo. La casa de mi padre estaba cerca del vecindario donde nací y donde mi madre seguía viviendo; se había mudado allí con su nueva mujer unos meses después de dejar a mi madre, convirtiéndola en parte de su pasado como había hecho con la pobreza y la mugre de la granja de mis abuelos. Aunque nuestra caminata parecía no tener rumbo, en realidad me estaba dirigiendo a la calle de mi madre y a la casa donde me había criado, que quería que K. viera, como si en su misma arquitectura pudiese encontrar más revelaciones que hacerle. No hubo necesidad de entrar, bastó con que nos quedáramos en la acera mirando la gran casa en la que ahora mi madre vivía sola; le señalé mi ventana, o la que había sido mi ventana, que estaba igual de oscura que las demás. Después lo llevé más adelante, por la larga calle que daba la vuelta al vecindario (aunque hace años que no paso por ella puedo hacerlo ahora, puedo ver hasta la última grieta en la piedra) y que se curvaba hasta conducirnos a mi primera escuela, un bajo y feo edificio de planchas de hormigón y ladrillos. Era parte de mi historia y quería que lo fuera también de la de él, el recinto, los diminutos campos de deporte, la verja bordeada de árboles con sus enredaderas secas de madreselva. No teníamos prisa, nadie sabía dónde estábamos y no había razón para apresurarse en volver, así que nos sentamos un rato en los columpios del patio. No nos columpiamos en realidad, simplemente nos sentamos y hablamos, meciéndonos un poco uno junto al otro; yo ya había hablado mucho rato y ahora fue sobre todo K. el que lo hizo, y como no teníamos nada nuevo que decirnos repitió las historias que me encantaba oírle contar. Me recliné hacia atrás, agarrando las cadenas mientras levantaba la vista al cielo de los barrios residenciales, que era del mismo color que el metal apagado o la madera sin barnizar, y donde las escasas estrellas no formaban ninguno de los dibujos que me habían enseñado que había allí. Y luego me incliné demasiado hacia atrás, perdí el equilibrio y el asiento de plástico se me escurrió de debajo, y caí al suelo de tierra. K. dejó de hablar, interrumpiendo de golpe su frase, y los dos empezamos a reír, y K. se echó hacia atrás y se dejó caer también en el suelo a mi lado. Continuamos riéndonos, con la espalda en la tierra y las piernas todavía enganchadas en los columpios, y sentí de nuevo la misma felicidad mezclada con miedo, como si me hubieran ofrecido un alimento que ahora, una vez probado, me podían denegar. Por fin dejamos de reírnos, nos levantamos y nos sacudimos la tierra de la ropa. Llevábamos horas caminando cuando llegamos a casa de mi padre, y mientras nos colábamos otra vez por debajo de la puerta nos quejamos de que nos dolían los pies y las piernas, y K. dijo que también le dolía la espalda. Estábamos exhaustos y nos dejamos caer agradecidos sobre la cama de la habitación principal; era una cama de agua y volvimos a reírnos mientras nos desplomábamos sobre ella, bamboleándonos arriba y abajo y agarrándonos al bastidor y el uno al otro para estabilizarnos. Conseguimos recuperar el equilibrio y mantener el colchón quieto, o no exactamente quieto, bastaba con girar la cabeza para que volviera a oscilar, pero aunque estábamos cansados ninguno de los dos tenía ganas de dormir. Nos quedamos tumbados el uno junto al otro, hablando sin parar como siempre, y luego K. volvió a quejarse de la espalda y me pidió que se la masajeara. Se dio la vuelta para darme acceso a su espalda pero resultaba imposible en aquella cama, cuando aplicaba mi peso el colchón se hundía debajo de él, me dijo que no sentía nada, de forma que al final se incorporó y se sentó en el bastidor de madera, poniendo los pies en el suelo y dándome la espalda. Pero seguía sin estar cómodo, me pidió que le metiera las manos por debajo de la camisa y le masajeara la piel directamente, y lo hice, le agarré los hombros y se los froté, apliqué presión hasta que siseó levemente y aflojé. Le trabajé el cuello y la columna vertebral de arriba abajo, los músculos agarrotados a ambos lados, y quizá por primera vez en el transcurso de nuestra amistad nuestra constante charla cesó. Nunca había tocado a nadie de aquella manera, quería seguir tocándolo, y me quedé consternado cuando K. cambió de postura, pensé que ya había tenido bastante y se estaba levantando. Pero en vez de eso empezó a echarse hacia atrás, tan despacio que al principio me sentí confuso y opuse resistencia, aumentando la presión de mis manos contra su espalda; solo cuando insistió entendí y le permití que se apoyara en mí, y mientras aumentaba su empuje fui reclinándome a mi vez, de forma que caímos lentamente hacia atrás hasta estar tumbados otra vez en la cama, yo sobre el colchón y K. sobre mí. No había sacado las manos de debajo de su camisa, lo había rodeado con ellas mientras se echaba hacia atrás y ahora lo tenía envuelto en un abrazo que si bien no me devolvió tampoco rechazó, lo recibió, dejó caer la cabeza hacia atrás contra mi pecho y permanecimos así tumbados durante un rato. Luego volvió a cambiar de postura, o quizá fui yo, y quedamos tumbados el uno junto al otro. Ahora me estaba abrazando o nos estábamos abrazando el uno al otro; yo estaba de cara a él, pegado a su espalda y todavía rodeándolo con los brazos, y donde mis manos se juntaban sobre su pecho él cruzó los brazos sobre ellas. Estuvimos mucho rato sin movernos, y en la duermevela fui consciente de estar tocándolo, de su vientre donde mis dedos se curvaban por debajo de su camisa. En el centro de su abdomen había una línea donde se encontraban las capas de músculo, una cresta o riachuelo que reseguí con las yemas de los dedos; estaba cubierta de un vello muy fino, increíblemente suave y delicado, como la piel de algunas frutas. Era un cuerpo de muchacho, ahora me doy cuenta, éramos incluso más jóvenes, se me ocurre, que mis alumnos; pero el cuerpo de K. no me pareció en ningún sentido incompleto sino plenamente formado, no podía imaginarme nada más perfecto, era de una belleza absoluta. No pensé que fuera posible desear más que aquel momento, experimentarlo y ver cuánto podía alargarse; no se me ocurrió tocar a K. de otra forma distinta a como lo estaba tocando, o al menos ahora no me acuerdo. Al final nos dormimos profundamente, eso debió de pasar, porque a la mañana siguiente me desperté temprano para encontrarme con que K. se había puesto enfermo. Estaba a cuatro patas junto a la cama, como si se hubiera caído, y era el ruido de sus gemidos lo que me había despertado. Vi que había vomitado y que volvía a hacerlo; debía de ser algo que había comido, pensé, aunque habíamos comido lo mismo y yo me encontraba perfectamente. Gimió otra vez, con un ruido que era casi un sollozo, y al ver que estaba despierto se disculpó, no sé muy bien por qué, si por haberme despertado o por haber ensuciado el suelo. Tenía la frente perlada de sudor, y cuando le puse la mano en la espalda noté que la fina tela de su camisa estaba húmeda. Dejé la mano sobre su espalda que se agitaba con la respiración entrecortada por las náuseas, hasta que se zafó y me apartó para vomitar otra vez, cada una de sus convulsiones acompañada de un gemido o una queja. Me sentí impotente, quería cuidar de él pero no sabía cómo, y cuando vi que volvía a calmarse le pregunté qué quería hacer. Quiero irme a casa, dijo, todavía a cuatro patas, así que lo dejé allí para ir a buscar a mi padre. Sabía que ya estaba despierto, lo había oído moverse por el piso de arriba, y cuando abrí la puerta de lo alto de las escaleras lo encontré solo en la cocina. Estaba de pie ante el fregadero de espaldas a la puerta, y aunque debió de oírme subir las escaleras no se giró para saludarme ni se dio por enterado de mi presencia, ni siquiera cuando hablé. Apenas empezaba a amanecer, mi padre estaba contemplando la primera luz del día alzarse por la ventana de encima del fregadero, un momento de quietud que interrumpí para decirle que K. se había puesto enfermo, que tenía que irse a casa. Si podía llevarnos con el coche, le pregunté, y luego añadí, como hacía siempre con mi padre, una especie de disculpa, de modo que antes incluso de que contestara ya me había disculpado por preguntar. Muy bien, dijo, y aunque no se apartó de la ventana ni se giró entendí que debía darme prisa para estar listos enseguida, que después de haberlo molestado no debía hacerlo esperar. Volví abajo con K., que ya estaba más calmado; se había incorporado hasta sentarse en el borde de la cama, donde se sostenía apoyándose en las manos. Creía que estaría bien durante el trayecto, dijo, solo quería llegar a casa, allí se encontraría mejor. Tomé unas toallas del baño y me puse a limpiar su vómito, del cual me avergonzaba un poco, no quería que mi padre lo viera. Cuando K. hizo además de ayudarme le indiqué que se apartara, aunque podía ver que él también sentía vergüenza, que le mortificaba que tuviese que limpiar lo que había ensuciado. Por favor, me dijo, pero le indiqué que se apartara, no sabría decir exactamente por qué, le dije que mejor empezara a recoger sus cosas. Mi padre había subido a su dormitorio para vestirse y ya estaba volviendo a bajar, sentimos su peso en las escaleras de arriba. K. estaba metiendo en la bolsa sus escasas pertenencias cuando se abrió la puerta y mi padre apareció en lo alto del pasillo, agitando las llaves. Me apresuré a echar una toalla sobre el vómito que aún no había limpiado, pensando que aunque no pudiera hacer nada con el olor al menos podía esconderlo de su vista. Mientras abría la puerta del garaje (la misma puerta por la que habíamos salido hacía unas horas), mi padre le dijo a K. siento que no te encuentres bien, o algo parecido, el típico comentario de vecino, lo que suele decir la gente, y él le dio las gracias mientras nos montábamos en el coche, mi padre solo delante y K. y yo juntos detrás. Como por instinto nos sentamos muy separados, y aunque no podía evitar mirarlo de vez en cuando, no nos dijimos nada. Poco después de ponernos en marcha me di cuenta de que todavía podía olerle, no solo su vómito sino también su cuerpo, su sudor, que era agrio y fuerte; me dio vergüenza que mi padre pudiera olerlo. Bajé un poco la ventanilla y apoyé la cabeza contra el cristal. El aire que entró era fresco pero el mal olor no se fue, y aunque hasta entonces K. siempre me había llenado de alegría ahora me parecía parte de mi vergüenza y de la pestilencia del aire, una pestilencia que no solo era corporal sino algo más extraño y pesado. Mi padre nos miraba continuamente por el retrovisor, un rápido destello de sus ojos. K. estaba sentado con la cara vuelta hacia la ventanilla pero pensé que debía de notarlo también, aquella vigilancia y el peso que añadía al aire. Era aquella vigilancia lo que apestaba la situación, me di cuenta, no la pestilencia en sí sino la pestilencia que veía en nosotros. K. apartó la vista de la ventanilla pero no me miró, y cuando le pregunté si se encontraba bien no me contestó, aunque cuando mi padre le hizo la misma pregunta, exactamente la misma, como si no me hubiera oído formularla o como si fuera una pregunta distinta viniendo de sus labios, K. habló, dijo Sí, señor, y lo sentí apartarse de mí, en aquel aire pestilente sentí que me identificaba como la pestilencia. Era como si para él mi padre fuera la salud y yo el contagio, y aquello me desconcertó pero al mismo tiempo no me sorprendió. Aquellas fueron las únicas palabras que intercambiaron; el resto del trayecto permanecimos en silencio, y solo cuando llegamos a su casa K. miró en mi dirección y se despidió con la cabeza, y luego dio las gracias a mi padre, salió del coche y se apresuró a entrar por la puerta que su madre sostenía abierta. Mi padre la saludó con la mano, inclinándose hacia la ventanilla del copiloto, dio marcha atrás y salió del camino de entrada mientras yo me giraba para ver cerrarse la puerta detrás de K. Cuando el coche se detuvo en un semáforo al final de la calle, volví a mirar al retrovisor y vi la cara de mi padre. Me estaba observando, no con la vigilancia intermitente de momentos antes sino fijamente, y cuando nuestros ojos se encontraron torció el gesto, como si todavía pudiera oler a K., aunque ya no había ningún olor en el aire. Le sostuve la mirada. Por un momento pensé que iba a decirme algo y me preparé, vi que su expresión se endurecía por lo que iba a decir; pero entonces se percató de que el semáforo había cambiado y arrancó de nuevo, y dejé caer la cabeza contra la ventanilla, viendo pasar las calles. Había estado a punto de acusar a mi padre por lo que había hecho, por el asco que le había transmitido a K., y ahora volví a sentir la misma furia mientras caminaba por la hierba de aquel espacio desolado que yo no había sabido que estaba allí. El vertedero de Mladost, como llamaba a menudo a aquel degradado barrio, pero es que aquello era un auténtico vertedero; la gente tiraba su basura colina abajo, no solo botellas y latas sino también neumáticos y ladrillos y, en un punto, un montículo de cemento resquebrajado que debían de haber volcado desde arriba con un camión. Hasta entonces había estado caminando por lugares secos, el terreno junto al asfalto duro y cuarteado, pero aquí mis zapatos se hundían en la tierra. Me había adentrado mucho en aquella hierba que de lejos me había parecido agua, la hierba una bahía y los *blokove* la tierra, y seguí caminando sin rumbo fijo. Después de aquel día K. y yo continuamos siendo amigos durante un tiempo, pero nunca tuvimos otra noche como la primera; nos volvimos más reservados el uno con el otro, ya no hablábamos durante horas interminables, ni con la misma libertad. En las semanas siguientes empezó a llamarme menos, y cuando yo lo llamaba casi nunca estaba en casa. Había conocido a una chica, me dijo, y cuando hablábamos me hablaba de ella, me contaba cada palabra que se decían, cada gesto que se hacían. Mientras enumeraba sus sentimientos, intentaba como siempre encontrarme con él en sus palabras, pero ya no lo conseguía, eran como un territorio al que se retiraba y del que me excluía. Me contó cada una de sus victorias y frustraciones, cómo ella jugaba a coquetear con él, cómo le hacía esperar para todo lo que él deseaba, y cómo aquellas demoras incluso le encantaban, siempre y cuando estuviera seguro de que llegarían a su fin. Pero a medida que pasaban las semanas se sentía cada vez más frustrado por una demora que escapaba al control de ambos, la vigilancia de la madre de K., su negativa a concederles la intimidad que ansiaban. Siempre los estaba vigilando, me contó, insistía en que dejaran la puerta abierta, podía interrumpirlos en cualquier momento; y tampoco podían ir a casa de ella, su padre era aún más estricto, allí ni siquiera podían besarse; y además era invierno, aunque pudieran encontrar un sitio adecuado al aire libre, apartado, romántico, resultaría imposible, hacía un frío atroz. Si tuvieran coche sería distinto, dijo, cuando tienes coche siempre dispones de intimidad, pero no teníamos coche, éramos aún demasiado jóvenes para conducir. Fue después de aquel inventario de imposibilidades cuando me dijo que pensaba que yo podía ayudarle, si no me importaba, y por supuesto que no me importaba; estaba agradecido de que me pidiera ayuda, aquello nos volvería a unir, pensé. Haría cualquier cosa por él, dije, y lo que me pidió no era nada, solo que fuera a su casa y estuviera presente, simplemente estar con él y con su novia en su habitación. Así su madre no estaría tan encima de ellos, podrían disfrutar de un rato juntos sin interrupciones, y aunque no estarían del todo solos sería un mal menor. Yo era su mejor amigo, dijo. Y a ella tampoco le importaría, a la chica que él decía ahora amar; se lo había contado todo sobre mí y quería conocerme, dijo, entendía por qué tenía que estar allí, lo deseaba tanto como él. Por favor, repitió, aunque yo ya había aceptado, una repetición que era una especie de cortesía; por supuesto que lo ayudaría, dije, en aquello y en todo lo demás. Así que el fin de semana siguiente conocí a la novia de K., de quien había oído hablar tanto que tenía la sensación de que ya la conocía, aunque aun así nos mostramos incómodos y reservados cuando nos encontramos en la cocina de la casa de K. Su madre nos sirvió unas bebidas y se desvivió por darnos la bienvenida, cuando por supuesto lo único que queríamos era que nos dejara solos, reclamar nuestra privacidad, que yo esperaba con un temor ansioso mientras que sabía que K. la esperaba ansioso sin más. Se removió en su asiento, mirándome primero a mí y luego a ella, sosteniendo mi mirada pero no la de ella, como si no pudiera soportar mirarla durante mucho tiempo. Yo planteaba un riesgo menor, conmigo podía compartir lo que sentía, y si bien aquella no era la intimidad que habíamos conocido ni la que yo ansiaba seguía siendo una especie de intimidad, de la que podía formar parte aunque no fuera exactamente mía. Tamborileó con los dedos sobre la mesa, meneó los pies por debajo. Ya nos habíamos presentado, la novia de K. y yo; era menuda, rubia y anodinamente guapa, y me sonreía con sus grandes dientes. Me había resistido a que me cayera bien pero no lo conseguí, era amable y quería mi amistad, había oído hablar mucho de mí, dijo, llevaba tiempo queriendo conocerme. Se llamaba K., algo sobre lo cual solían bromear entre ellos, el hecho de compartir inicial: K. y K., decían riendo, entonando sus nombres con una especie de musiquilla, K. y K. Ya tenían chistes propios, que los hacían reír incluso delante de la madre de K., que también se reía con ellos. Incluso en presencia de la mujer resultaba evidente lo que sentían el uno por el otro, sus sentimientos eran luminosos y abiertos, seguros de cuál era su lugar; si había ciertos obstáculos que superar solo eran puro atrezo, escenografía de un drama que todo el mundo aplaudiría. Incluso sus padres lo aplaudirían, solo fingían desaprobación cuando lo que en realidad sentían era indulgencia y orgullo y la dulzura de la juventud, su propia juventud que podían rememorar y revivir y sancionar. Finalmente la madre de K. nos permitió subir al piso de arriba, aunque también nos reconvino un poco, diciéndome que estuviese alerta, que los obligara a comportarse; confiaba en mí, dijo, señalándome con el dedo en gesto de broma, aunque no estaba bromeando, pensé, y le contesté Sí, señora, como si yo también estuviera del lado de la rectitud moral del mundo. Recorrimos el estrecho pasillo de las escaleras en fila india, primero la novia de K., después K. y luego yo, y en cuanto la madre ya no pudo vernos se buscaron entre sí con las manos. Mientras caminaba detrás de ellos sentí una excitación que era profunda y perturbadora y, junto a ella, un temor que se incrementó a medida que nos acercábamos a la habitación de K. Me detuve, como para sopesar lo que sentía, pero cuando oí que la voz de K. me llamaba subí a toda prisa los últimos peldaños, y al girar el recodo lo vi ante su puerta mirándome con expresión inquisitiva. Venga, me dijo, ahora ansioso, todavía más, pero entonces su cara se abrió en una sonrisa y olvidé mi miedo. Pasé a su lado para entrar en la pequeña habitación donde K. ya estaba sentada en la cama, cruzando y descruzando las piernas. Me dirigí hacia el único otro asiento disponible, la silla de madera del escritorio de K., pero él me detuvo, diciéndome que esperara un momento mientras cerraba la puerta, o no la cerraba, no del todo, ya que su madre lo había prohibido, sino que la dejaba lo menos entornada que se atrevió. Luego me pidió que me sentara justo delante de la puerta, si no me importaba; como se abría hacia dentro podría asegurarme de que nadie los pillara, podría oír a su madre si venía y tomarme mi tiempo para levantarme, entreteniéndola mientras ellos se arreglaban la ropa. Volvió a disculparse, sabía que era pedirme mucho, tener que sentarme en el suelo; pero naturalmente no puse ninguna objeción, me pareció bien, era un servicio que podía ofrecer. Y también significaba que podría mirarlos, ya que si me sentaba de espaldas a la puerta estaría de cara a la cama. Nunca había estado en su cuarto, que era una habitación ordinaria, como la de cualquier adolescente, con sus libros, su voluminoso ordenador y sus pósters de estrellas del fútbol en las paredes. El único objeto que tenía algún interés era la cama donde estaban sentados, los dos K., que estaba deshecha, las sábanas enredadas a los pies donde él las había apartado a patadas, y con súbita nitidez recordé el calor de su cuerpo junto al mío mientras dormíamos. Hablamos un rato, K. quería conocerme mejor, me dijo, y me hizo contarle cosas de mí, pero mientras ella y yo charlábamos K. guardó silencio. Se sentía frustrado, me di cuenta, no quería que habláramos; pero K. insistía, y cuando me callaba volvía a darme conversación, preguntándome por mi familia y por la escuela, por las historias que había oído, cosas de las que se había enterado por K. Me dolía que le hubiera contado tantas cosas, que hubiera usado mis historias para reforzar su vínculo con ella: eran secretos que habíamos compartido, y que ahora él compartía con ella. Ella continuaba hablando, haciendo esperar a K., lo cual era el propósito de sus preguntas; era una forma de darle largas, uno de sus jueguecitos. Por fin K. se levantó de la cama, se acercó al estéreo que había en un estante de encima del escritorio y puso música, no muy alta, no con la intención de cubrir el ruido sino con la de cubrir la ausencia de ruido, la ausencia de conversación, a la que puso fin volviendo a sentarse en la cama y poniendo su mano en el muslo de K., inclinándose y pegando su boca a la suya. Ella no opuso resistencia, al contrario; se relajó, dejando que K. le apoyara la espalda contra la pared. Mientras se besaban sentí que algo se removía en mi interior, algo que me hizo apartar rápidamente la vista hacia los pósters clavados inertes en la pared, pero tampoco pude mantener la vista apartada mucho tiempo, una y otra vez me sentía atraído hacia la imagen de ellos en la cama. No quería que me pillaran mirando, aunque no tenía por qué preocuparme, tenían los ojos cerrados, estaban completamente absortos el uno en el otro. Me sorprendió ver que aunque K. había estado jugueteando y dando largas ahora era ella la que llevaba el mando; fue su mano la que bajó hasta el regazo de él, y al ver aquello mi excitación se intensificó, mi excitación y también mi miedo. Seguían besándose, sus labios no se habían despegado pero ahora la mano de K. estaba en el cinturón de él; todo su nerviosismo había desaparecido, dejando paso a la pericia, o lo que parecía pericia mientras se aplicaba a desabrochárselo con una sola mano. Sabía cómo darle placer, pensé cuando su mano se deslizó por dentro de los vaqueros, donde la veía moverse mientras lo tocaba, y también vi la erección de él, su contorno marcándose contra la tela. De repente no pude soportarlo, estar en aquella habitación con sus cuerpos y con la pasión que los unía por las bocas, quería estar en cualquier otro lugar, y aun así seguía siendo incapaz de apartar la vista. Creo que hasta aquel momento no me había permitido ser consciente de lo que quería ni de cuánto lo quería. Por fin dejaron de besarse, K. apartó la boca y le susurró algo al oído, luego bajó la cabeza hasta la entrepierna de él, usando ambas manos para desabotonarle los vaqueros y colocando su boca donde antes había estado su mano. Subí las rodillas y me las abracé contra el pecho. No podía ver nada, ella había girado la cabeza de tal forma que su cabello colgaba como un velo, pero contemplé petrificado cómo K. posaba una mano sobre la cabeza de ella y luego la bajaba hasta su hombro, sujetándola allí. Entonces miré la cara de K. y vi que me estaba observando, que me había visto mirarlos y estaba esperando a que levantara la vista. Captó mi mirada y me la sostuvo sin gentileza ni calidez ni asomo alguno de lo que habíamos compartido, y mi sensación de haber violado algo, de haber mirado donde no debía, se disipó porque finalmente entendí que aquello era lo que había querido que viera desde el principio, que no estaba allí como guardián sino como espectador. Estaba allí para ver cuán diferente era de mí, libre de la pestilencia que mi padre le había mostrado; y ahora que lo había visto, supe que nuestra amistad había llegado a su fin. Entonces cerró los ojos, se abandonó por completo, y aspirando entre los dientes un breve jadeo apoyó la cabeza contra la pared. Sabía que yo estaba mirando y me dejó mirar. Fue como un regalo de despedida, pensé mientras observaba su cara y los movimientos que hacía, parecía casi como si le doliera. Yo también sentía dolor, y casi sin pensar dejé caer la mano entre mis piernas y me agarré con fuerza. Desde entonces he estado buscando eso, creo, la combinación de exclusión y deseo que sentí en aquella habitación, bajo el dolor de la exclusión la satisfacción del deseo; a veces pienso que no he buscado otra cosa. Había estado alejándome del pie de la colina y adentrándome en aquel declive o bahía adonde debían de ir a parar todas las aguas de escorrentía de los barrios circundantes, ya que pese a la sequedad del resto del terreno el suelo allí era un cenagal, estaba empantanado en raíces y barro. No iba a poder cruzar al otro lado, me di cuenta, ya estaba hundido hasta los tobillos, me estaba destrozando los zapatos. Volví hasta el pie de la colina por la que había bajado y continué caminando por allí, sorteando el barro lo mejor que podía. Seguía haciendo calor aunque ya había pasado el punto álgido del día, el sol pegaba fuerte pero con menos insistencia. No había asfalto por donde caminaba, no había cemento ni acero, y todo estaba en silencio, no había ningún ruido humano. Llevaba mucho tiempo pensando en K. y no era rabia lo que sentía por él; si había sido cruel podía entenderlo, era un niño, había tomado lo que necesitaba. Más adelante había una pequeña arboleda y me dirigí hacia allí, apretando el paso, con ganas de resguardarme del sol; sentía ahora la tirantez y el calor donde se me había quemado la piel, e incluso la luz más débil de media tarde me resultaba dolorosa. A medida que me acercaba comencé a percibir un sonido, primero de movimiento y luego de agua, agua discurriendo veloz, y enseguida pude verla también, una luz entre los árboles, un arroyo ancho y poco profundo deslizándose somero sobre la roca. Me sorprendió encontrarlo allí, tan cerca de los *blokove*, no había visto ni rastro de él durante mis paseos, y mientras caminaba por su orilla fue como si algo se ablandara en mi interior. Ahora sentía más tristeza que rabia, aunque no estaba seguro de por qué exactamente, si por mí mismo o por K., o por los hombres a los que había conocido después de él, a ninguno de los cuales había amado tan plenamente, a muy pocos de los cuales había llegado a amar; y descubriendo que era por todas esas cosas a la vez, mis pensamientos volvieron a la hoja de papel que se estaba deshaciendo en mi mano de tanto apretar y volver a apretar. Pensé en mi padre, viejo y enfermo, me lo imaginé frágil y postrado en la cama; quería ver si también sentía tristeza por él, si mi tristeza abarcaba tanto. ¿Estaban con él ahora, me pregunté, habían recibido mis hermanas un mensaje similar, se habrían ablandado y habrían ido con él, se habría ablandado G. y habría ido con él? Me acordé de lo furiosa que se había puesto aquella noche en Mladost, cuando nos contó aquellas historias sobre mi padre que también eran historias sobre ella misma, también historias sobre mí. Llevábamos ya mucho rato escuchándola, mi otra hermana y yo; las últimas velas ya se habían apagado, aunque todavía podíamos vernos gracias a la luz que entraba de la calle. G. era la hija menor de mi padre, la última en llegar, la que (quizá pensaba él) por fin lo había querido como merecía ser querido, y le había contado historias de su infancia que yo nunca había oído. Su madre, empezó G., y entonces se interrumpió, como hacía a menudo, para decir ¿Lo sabíais ya? Pero el pasado de mi padre siempre me había resultado opaco, hablaba de él muy rara vez y me parecía muy complejo, un enredo de hermanastros y primos, demasiados para seguir el hilo. Y no se hablaba con la mayoría de ellos; Mala sangre, decía cuando sus nombres salían a colación, atajando cualquier posible conversación. ¿Sabéis qué edad tenía ella?, dijo mi hermana, cuando nuestro padre nació no era más que una niña, solo catorce años, ¿os lo podéis imaginar? Cuando nuestro padre empezó a ir a la escuela tomaban juntos el autobús, ella iba a último curso y él a primero. Y también hubo otros hijos, tres varones, y una niña que murió, ninguno de ellos del mismo padre. Era todo un escándalo, dijo mi hermana, ¿os imagináis cómo debió de ser para ella vivir en aquel sitio? No conseguía reconciliar lo que decía G. con la mujer menuda que yo había conocido, siempre a cierta distancia, que me parecía tan formal y se alegraba tanto de que la visitáramos más o menos una vez al año en la casa que compartía con un hombre al que consideraba mi abuelo, aunque supongo que sabía que no lo era, o al menos no de sangre, porque mi padre siempre lo llamaba por su nombre de pila. Mi hermana tenía razón, debió de ser todo un escándalo en aquel pueblo, y para sus padres algo peor que un escándalo. Fueron ellos quienes se hicieron cargo de mi padre, especialmente su abuela, la única entre sus parientes que se libraría de su futuro desprecio. Él siempre la llamaba Ma, una sola sílaba, y todavía hoy no tengo otro nombre para aquella mujer a la que recuerdo haber visto solo una vez, menuda hasta el punto de la desaparición, con su hermoso pelo blanco extendido a su alrededor sobre las sábanas del hospital o institución adonde la habían llevado para morir. No recuerdo qué época del año era, ni cuánto duró el viaje, ni por qué había ido solo con mi padre, que me levantó en brazos para sentarme con cuidado en la cama junto a aquella mujer increíblemente vieja, más que nadie a quien hubiera visto jamás, y cuya imagen, pese a haber olvidado tantas cosas, sigue vívida en mí con la claridad del día. Mi padre se sentó al otro lado y le dio de comer como si fuera una niña, llevando la cuchara del plato a su boca; murmuraba palabras de ánimo o de recriminación cuando ella rechazaba la comida, cerrando los labios para no dejarla entrar o escupiéndola de vuelta al cuenco. Llevaba años sin pensar en ella, la mujer cuya imagen regresó a mí con tanta claridad, aunque después de su muerte mi padre siguió hablando de ella de vez en cuando, mientras que nunca hablaba de su abuelo, que había muerto antes de que yo naciera. O nunca hablaba de él conmigo, debería decir, puesto que mi hermana sí que sabía cosas de él, y aquella noche nos las contó. Era un hombre duro, dijo, había intentado meter en vereda a su hija, disciplinarla y (tal vez pensara) salvarla, y su violencia, provocada o no, había gobernado la vida de mi padre. Pero es que eran una provocación constante, su hija y los retoños que se multiplicaban, la sucesión de hombres y los hijos que dejaban tras de sí; aquello debió de convertirlos en la comidilla del condado, esa comidilla alegre y biliosa de los pueblos pequeños donde apenas ocurre nada. Los tenía aterrorizados, dijo mi hermana, a su hija y a los críos de esta, los amenazaba, les pegaba, les prometía algo peor que las palizas. El padre de nuestro padre era mayor que nuestra abuela, tenía unos veintitantos años cuando se conocieron, y ella se había enamorado de él; aunque con otros hombres se había liado para desafiar a su padre, el primero había sido más que eso, dijo G., ella lo amaba y él la amaba también. Era demasiado joven para ir con hombres, sabía que su padre se pondría furioso, pero estaba enamorada, se acostó con él y se quedó embarazada de mi padre. Él lo mató, dijo entonces mi hermana, antes de que naciera nuestro padre lo mató, y aunque hasta ese momento mi otra hermana y yo habíamos permanecido callados ahora reaccionamos, expresando nuestra conmoción e incredulidad. La historia que G. nos contó a continuación era inconexa, transmitida de modo incompleto: era invierno cuando el abuelo de nuestro padre descubrió lo sucedido, dijo mi hermana, había tormenta y él salió a la tormenta para buscar al hombre que había arruinado la vida de su hija, tal como debía de verlo él; y lo mató... Pero ¿cómo?, pregunté, interrumpiéndola, y mi hermana no me supo responder, solo sabía que lo habían encontrado al día siguiente congelado en su coche. Pero eso es una locura, exclamé, incluso en un sitio como aquel, ¿cómo podían pasar esas cosas, o pasar sin que hubiera consecuencias? Y en cualquier caso a nuestro padre le encantaba inventarse historias, proseguí, siempre intentaba hacer pasar cosas descabelladas por verdaderas; seguramente ese era uno de sus cuentos góticos sureños, dije. Pero mi hermana insistió, algo en la manera de contarlo la había convencido de que era verdad, o de que él creía que era verdad. Y a fin de cuentas, pensé, lo que importaba era lo que él creyera, y me pregunté cuándo le habrían contado aquella historia de su padre, de la ausencia de su padre, si se la contaron cuando todavía era un niño, y me pregunté también cuánto habría pesado aquella ausencia sobre él, cómo se la habría explicado hasta entonces. Quise saber quién se la había contado y por qué, si había sido su madre para ponerlo furioso o su abuelo para meterle miedo. Además, dijo mi hermana, esto explica lo que pasó con ella, refiriéndose a la madre de nuestro padre, que pareció no solo buscar a otros hombres sino a los menos recomendables, como si se entregara a ellos no solo para desafiar a su padre sino también para hacerle daño, y para hacerse cada vez más daño a sí misma. A menudo eran hombres violentos, dijo mi hermana, repitiendo lo que le habían contado; desde que podía recordar, mi padre siempre les había tenido miedo, y también había tenido miedo de su abuelo, que los azotaba a él y a sus hermanos sin previo aviso. Y ellos se peleaban entre sí, de niños y de adultos, aquellos hijos de padres distintos; uno de ellos murió siendo soldado antes de que yo naciera y a los demás apenas los conocimos, casi no los habíamos visto. Dos o tres veces, cuando yo era muy pequeño, mi padre nos llevó a alguna reunión familiar, y siempre había alguna pelea, un súbito fogonazo de violencia que dejaba a uno o más de ellos tirados en el suelo. De niños no habían sentido lealtad alguna entre ellos, mi padre y sus hermanos; cambiaban de bando cada vez que les convenía, aliándose contra uno y luego contra otro, o trabando amistad con alguno de aquellos hombres que aparecían como de la nada y nunca se quedaban mucho tiempo. Básicamente intentaban congraciarse con su abuelo, a quien odiaban pero también necesitaban, sobre todo a medida que su madre empezó a buscarse hombres cada vez más brutales. Era como si quisiera que le hicieran daño, dijo mi hermana, y no le importaba lo que les pasara a sus hijos. Un día, prosiguió, cuando nuestro padre todavía era pequeño, unos ocho o nueve años, oyó gritar a su madre y fue corriendo para

encontrarla en medio de un campo con uno de sus hermanos. Delante de ellos estaba el padre del niño, presa de una
furia incontenible, mi padre se dio cuenta; no le sorprendió
cuando el hombre golpeó a su madre, primero con la mano
abierta y después con el puño. Y no solo a la mujer, también golpeó al niño, no una vez ni dos sino muchas, con
una ferocidad que aterró a mi padre, quien corrió en busca
de ayuda al garaje donde su abuelo estaba trabajando, encorvado sobre el capó de su coche. Y el niño que era mi
padre le gritó que fuera, que el hombre estaba haciendo
daño a su madre y a su hermano, que él (mi padre) tenía
miedo, y su abuelo agarró una de las herramientas que tenía por allí, una pesada llave inglesa, dijo mi hermana, y se
encaminó hacia el campo y se acercó al hombre y empezó
a golpearlo con la llave inglesa, pegando al hombre que
había estado pegando a su hija, no con furia sino con una
calma escalofriante, una y otra vez, mientras su hija le gri-
taba que parara y mi padre experimentaba un tipo de miedo distinto. Entonces ¿mató también a aquel?, preguntó mi
otra hermana, pero G. no supo respondernos; como todas
sus historias, aquella estaba incompleta y hecha de retazos.
Pero sí sabía que desde aquel día el abuelo de mi padre
llevaba una marca, que la palma de su mano mostraba una
cicatriz rugosa en la parte donde había agarrado la llave
inglesa, que había estado sobre el motor y estaba al rojo
vivo, dijo. Ni siquiera eso lo frenó, continuó, ¿os lo imagináis?, durante el resto de su vida estuvo desfigurado, los
dedos de esa mano siempre estaban un poco encogidos, no
podía abrirla del todo. Pero cuando la agarró eso ni siquiera lo frenó, la cogió con la mano tal que así... y al decirlo
levantó su propia mano, con la palma hacia arriba y los
dedos curvados en torno a una llave inglesa imaginaria,
girando un poco la muñeca como si el peso de la herra-

mienta tirara de ella hacia abajo. Y aunque nada en su historia me había resultado familiar, sentí un vértigo repentino al ver aquella imagen; pude ver a mi padre haciendo aquel gesto, exactamente el mismo, y comprendí que debía de haber oído aquella historia antes, que él debía de habérmela contado cuando era pequeño. También era una historia mía, pensé mientras mi hermana seguía hablando, y me pregunté cuánto más había olvidado de mi padre, cuánto más podría recordar aún, cuánto se habría perdido del todo. Sentado junto al agua en Mladost, tenía en mente dos imágenes de mi padre, que sopesé y confronté a lo que sentía: en una era un niño, vulnerable y en esencia libre de culpa como lo son todos los niños, y en la otra era viejo y desvalido e intentaba reparar lo que había roto. Quería saber qué me hacían sentir, aquellas imágenes, si podría ir junto a él como me había pedido; pero de todas las imágenes de aquel día esas fueron las que me golpearon con menos fuerza, mi padre de niño y mi padre moribundo, apenas sin ninguna fuerza. No conseguí retenerlas, se escurrieron dejando paso al recuerdo de otra imagen de mi padre, de poco después de que K. pusiera fin a nuestra amistad, cuando mi padre, también, me abandonó definitivamente. Fue la conclusión de una larga serie de acontecimientos en aquella gran casa cuya atmósfera se había vuelto insoportable; mi padre y yo apenas nos hablábamos, temerosos quizá los dos de lo que pudiéramos decirnos. Se ausentaba cada vez más, se quedaba hasta tarde en el trabajo y hacía más viajes, cualquier excusa era buena para irse a Chicago o Nueva York, dejando a su mujer conmigo y con la mayor de mis hermanas, que todavía era muy pequeña. Ahora me doy cuenta de lo infeliz que era mi madrastra, de con cuánta frecuencia la abandonaba mi padre y de lo atrapada que debía de sentirse, y me doy cuenta de que si ella y yo nos peleábamos era porque para ambos el otro era un objetivo menos arriesgado que mi padre. Nos atacábamos por el motivo más nimio, o sin motivo alguno, levantándonos la voz y dando portazos; y una noche, tras una pelea particularmente violenta, después de que yo hubiera cruzado una raya cuya naturaleza ya no recuerdo, mi madrastra me ordenó que me fuera de casa. Cerró con llave la puerta que daba a las escaleras del sótano, asegurándose así de que tarde o temprano tuviera que marcharme, cosa que hice enseguida, sin esperar a que se le pasara, escapándome como siempre por el garaje. Recorrí los más de tres kilómetros que me separaban de la casa de mi madre lleno de furia, pero también de satisfacción; me castigaban continuamente pero nunca me habían echado de casa, y fuera lo que fuese lo que había hecho no lo justificaba. Pensé que mi padre estaría de acuerdo conmigo, estaba seguro de que le diría a mi madrastra que me dejara volver. Caminé deprisa, ansioso por llegar a casa de mi madre y llamarlo; estaba en Nueva York, tenía el número de teléfono del hotel donde se alojaba siempre. Visitaba a mi madre la mayoría de los fines de semana aunque casi nunca me presentaba sin avisar, así que debió de darse cuenta de que algo iba mal en cuanto abrió la puerta. Me preguntó qué había pasado pero no le contesté. Tengo que llamar a mi padre, dije, que era como siempre nos referíamos a él en aquella casa, mi madre nunca lo llamaba por su nombre. Dejé mi bolsa junto a la puerta (me había llevado mis libros de la escuela, unas cuantas cosas para pasar la noche) y fui a la cocina, donde había un teléfono de pared. Mi madre vio que estaba muy disgustado, me siguió y volvió a preguntarme qué pasaba. Cuéntamelo antes de llamarlo a él, dijo, tienes que tranquilizarte. Pero no quería tranquilizarme, me gustaba la indignación que sentía y que pensé que mi padre compartiría, quería llamarlo mientras aún estaba furioso. Lo imaginé confortándome, diciéndome que él arreglaría las cosas, como siempre había considerado su deber hacer. Pero aquella confianza desapareció en el momento mismo en que descolgó, cosa que hizo enseguida, al primer timbrazo. Estaba esperando mi llamada, lo cual quería decir que mi madrastra ya había hablado con él, y por el tono de su voz supe que ya estaba convencido de la versión de ella. No podía esperar ninguna comprensión, mi padre me haría disculparme con ella, tendría que pedirle perdón una y otra vez hasta que quedara satisfecha; sería humillante, pensé, y ella estaría encantada. Me preparé para aquello mientras empezaba a contarle a mi padre el comportamiento tan indignante de mi madrastra, Es donde vivo, le dije, no puede echarme. Seguí hablando un rato y él me escuchó sin decir palabra, y casi habría pensado que la llamada se había cortado de no ser por la claridad con que percibía su presencia. Su silencio parecía conducirme a un lugar distinto al que tenía intención de ir, como si estuviera cavando mi propia tumba; así que me detuve en seco y aguardé a que hablara, entregándome a su silencio. Esperé durante lo que me pareció demasiado tiempo, hasta que finalmente volví a hablar. Dile que me deje volver a casa, le dije a mi padre, y pese a utilizar el imperativo mi tono era de derrota. Sabía que me esperaba una reprimenda, pero di por sentado que en cuanto me disculpara lo suficiente me dejarían volver; era mi casa, y en el mundo del que yo venía a los niños no se los echaba sin más. Dile que me deje volver, repetí, y entonces mi padre emitió un sonido. Le oí removerse en la silla, y luego exhaló, no fue exactamente un suspiro, no era un sonido de enfado ni de tristeza sino carente de emoción, y por primera vez desde su saludo inicial habló. Si, dijo, demorando un momento más la frase que iba a pronunciar, si lo que dices sobre ti es verdad, no eres bienvenido en mi casa. Ahora me tocó a mí quedarme callado, al principio porque no entendía a qué se refería, y luego porque lo entendí. Tuve la sensación de que algo estaba empezando, de que un gran peso se desplazaba para moverse en la única dirección posible. ¿De qué estás hablando?, pregunté finalmente, y mi padre contestó, me dijo que habían encontrado, mi madrastra y él, un cuaderno en mi habitación. Sabía a qué cuaderno se refería, un diario que había empezado a escribir hacía poco, en el que hablaba de K. y de lo que había sentido en su habitación, lo que había descubierto sobre mí mismo. Había tenido mucho cuidado en esconder el diario; si lo habían encontrado era porque habían estado buscando, aunque mi padre no comentó nada ni dio explicación alguna al respecto. Lo habían encontrado y habían visto lo que había escrito, se limitó a decir, hacía semanas que lo habían leído. Lo que habían descubierto de mí los había unido, me di cuenta, ahora eran un frente unido, y me imaginé que debían de llevar semanas conspirando acerca de cuál era la mejor manera de utilizar lo que sabían. Estaba seguro de que había sido mi madrastra quien había registrado mi habitación, mi padre nunca se habría molestado, y mientras hablaba comprendí que yo había caído de pleno en el juego de ella. ¿Es verdad?, me preguntó cuando terminó de hablar, dándome una opción, o la apariencia de una opción. Me lo presentó como si fuera algo que se pudiera arreglar hablando, pero yo no podía arreglarlo hablando, me di cuenta; hacerlo significaría negarme a mí mismo, qué otra cosa podía significar, de forma que Sí, dije, reivindicándome a mí mismo, es verdad, sí. Mi padre volvió a exhalar, esta vez con brusquedad, así que antes incluso de que hablara me estremecí, y vi que mi madre se ponía rígida mientras me miraba, plantada ante el fregadero con un cigarrillo en la mano. Ahora mi padre habló en un tono distinto, casi con una voz distinta, la voz de su infancia, pensé, cargada de aquella mugre que habitualmente se esforzaba tanto por esconder. Así que te gustan los niños, dijo aquella voz, casi la voz del instinto, la voz de aquella mirada que me dirigió una vez y que llenó el aire de pestilencia. Por muy joven que fuera, supe que lo que decía era absurdo, yo también era un niño, de qué podía estar acusándome, aunque ahora pienso que era su única forma de entender lo que yo era, la persona que yo era se le escapaba por completo. Pero no importaba que fuera absurdo, yo ya estaba llorando, era un mar de lágrimas, y cuando mi madre empezó a acercarse hacia mí la aparté con un gesto, dándole la espalda. Me avergonzaba de mis lágrimas, apenas podía respirar, y lo único que alcancé a decirle fue Pero soy tu hijo, que fue mi única apelación y lo último que le dije. Emitió un sonido despectivo, casi una risa, y luego volvió a hablar, con una voz como un gruñido que nunca le había oído, dijo Y una mierda eres mi hijo. Y prosiguió, habló sin detenerse, Un maricón, dijo, si lo llego a saber nunca habrías nacido. Me das asco, dijo, ¿lo entiendes?, me das asco, ¿cómo puedes ser mi hijo? Mientras le escuchaba decir aquellas cosas fue como si, al reivindicarme a mí mismo, hubiera descubierto que no había nada que reivindicar, nada o casi nada, como si me estuviera disolviendo y mis lágrimas fueran la señal exterior de aquella disolución. Seguía hablando, todavía quería decirme más cosas, pero colgué el teléfono en la pared, sosteniéndolo allí un momento como para aferrarme a algo, mientras mi madre cruzaba la cocina y me ponía una mano en la espalda. Apoyé la cabeza contra la pared, ocultándole mi cara. Seguía llorando, pero más que conmoción o dolor lo que sentía era rabia, más que rabia, estaba furioso, y la furia me llenó de algo que no podía disolverse. Qué sería yo sin la rabia que sentí en aquel momento, me pregunté mientras contemplaba el agua, esa rabia que sigo sintiendo, que mengua o aumenta pero siempre está ahí; por mucho que me haya impedido hacer, sin ella habría estado completamente perdido. Levanté la mano. Después de tanto tiempo me costó bastante soltar la presa de aquella arrugada hoja de papel que ya era poco más que pulpa, pero la dejé caer en el arroyo y contemplé cómo el agua se la llevaba. No contestaría, no volvería a ver a mi padre, no le lloraría ni echaría tierra sobre él. Me quedé mirando el agua durante un rato, no estoy seguro de cuánto, hasta que me sobresaltó un ruido lejano que se abrió paso por encima del sonido del agua. Era un repicar discordante que tardé un momento en reconocer como una campana, una campana grande como de campanario, aunque no sabía que hubiera ninguno en Mladost, que fue construida por los comunistas y por tanto desprovista de iglesias; todavía hoy los únicos lugares de culto son casetas hechas con tablones, misioneros norteamericanos en locales alquilados. No sabía de nada en Mladost que pudiera producir aquel sonido, grandilocuente y desangelado, una sola campana que repicaba dos veces con cada tirón de la cuerda (me imaginé), un tañido desacompasado que viajaba por encima del agua y de los árboles. Eché a andar hacia aquel sonido, y pronto sentí que el terreno se iba haciendo más liso, convirtiéndose en un camino que subía, hasta que finalmente las piedras desiguales dejaron paso a los adoquines. Era un sendero muy hermoso, inmaculado como pocas cosas aquí, y a su derecha se alzaba un murete de piedra que a medida que el camino ascendía se unía con otro muro, encalado de un blanco resplandeciente. Era un complejo de algún tipo, allí escondido detrás de los *blokove*, algo grande y antiguo, pensé, aunque perfectamente mantenido; los adoquines del camino eran viejos, igual que los árboles que se cernían sobre ellos. Seguí el sonido, la campana tañendo muy cerca ahora al otro lado del muro, mientras el camino se ensanchaba hasta ser lo bastante amplio para dar cabida a un coche, y me di cuenta de que debía de llegar hasta la carretera. Había un portón en el muro, dos grandes hojas de madera que interrumpían la piedra. Estaba cerrado, pero en cada puerta había una abertura en forma de cruz, y mientras el repicar de la campana se detenía eché un vistazo al interior, una serie de pequeñas edificaciones y senderos que cruzaban espacios verdes. Era una comunidad, no una iglesia sino un monasterio, más antiguo que el barrio donde se encontraba y posiblemente construido cuando aquello no era más que campiña, cuando Sofía debía de resultar al mismo tiempo accesible y confortablemente remota. Lo que había oído era una llamada a la oración, aunque no vi ningún movimiento allí dentro. Hay monasterios por todo el país, la mayoría custodiados por un solo monje, o dos, están desapareciendo aquí igual que en todas partes; pero aun así alguien seguía tocando la llamada a la oración, aunque no hubiera nadie para responder a ella. Eché a andar de nuevo, con la intención de seguir el camino hasta la carretera y desde allí emprender el regreso. Había decidido no volver a la escuela, iría directo a casa, pero después de otro recodo del camino me detuve. A la izquierda había un claro y junto al camino pastaba un caballo, todavía enganchado a su carro. En Mladost es habitual ver caballos, los gitanos los usan para moverse de aquí para allá, pero nunca había visto a uno desatendido. No se veía a nadie por allí; tal vez, después de todo, alguien había acudido a la llamada. Era una criatura lastimosa, flaca y enfermiza, su piel colgando flácida sobre las costillas marcadas; podría ser el vivo retrato del sufrimiento, pensé mientras me acercaba, y sin embargo estaba pastando apaciblemente, arrancando las escasas matas de hierba del pedregoso suelo. Me lo quedé mirando unos minutos, y luego apoyé mi mano sobre su flanco, oscuro y recalentado por el sol, casi demasiado caliente para tocarlo. Lo sentí soltar un suspiro repentino, una rápida descarga de aliento mientras desplazaba ligeramente el cuerpo. No estaba atado, observé, podría haberse marchado cuando quisiera; pero no tenía a donde ir, claro, y supongo que el carro pesaba bastante, y allí donde estaba, por poco que fuera, había algo para él.

3

CONTAGIO

Cuando llamó a la puerta, rápido y decidido, el ruido no me pilló por sorpresa, mi mano permaneció sobre el fogón donde estaba calentando la sencilla comida que me había preparado. No era tarde, pese a la oscuridad más allá de las ventanas a mi espalda; era febrero, oscurecía pronto, y lo que había sido una estación irritantemente suave se había vuelto severa y virulenta, el invierno más frío del que se tenía registro, con un viento feroz que quemaba cada centímetro de piel dejado al descubierto. No había llamado al timbre de la calle, lo cual me habría servido de aviso y dado algo de tiempo para prepararme; debió de pensar que la sorpresa le proporcionaría cierta ventaja, pensé, y me lo imaginé esperando a que alguien entrara o saliera del portal cerrado del edificio, cobijándose como mejor podía contra el viento, un cigarrillo apretado entre los labios. No había necesidad de nada de aquello; le habría abierto abajo tan deprisa como le abrí la puerta del apartamento, cuyo cerrojo descorrí sin apartar siquiera la tapita de la mirilla, aunque sí me detuve un momento con la mano en el pomo, respirando hondo para tranquilizarme. Habían pasado casi dos años desde la última vez que había visto a Mitko. A mi regreso de Varna había hecho todo lo posible para asegurarme de no volver a verlo; lo había bloqueado en Facebook y Skype, lo había borrado de mi correo electrónico y de mi teléfono. Eran medidas contra mí mismo, en realidad, quería que me resultara más difícil encontrarlo en un ataque de remordimientos; y aunque pensaba en él a menudo, aunque se aparecía en sueños de los que me despertaba más excitado de lo que lo había estado nunca despierto, no me arrepentía de lo que había hecho. Lo había echado de menos, pero más que añoranza había sentido alivio por que ya no estuviera en mi vida.

El corredor estaba a oscuras cuando abrí la puerta. La luz funcionaba con un temporizador, que debía de haberse apagado después de que pulsara el interruptor al pie de las escaleras, si es que lo había hecho; o tal vez había pensado, también, que la oscuridad le proporcionaría cierta ventaja. Solo podía verlo gracias a la luz procedente de mi apartamento, que apenas alcanzaba hasta donde estaba apoyado en la pared de enfrente, como si llevara mucho rato esperando a que abriera, o se hubiera preparado para esperar. Se irguió, acercándose a la luz, y vi que no iba suficientemente abrigado; llevaba una chaqueta fina y unos vaqueros rotos y tenía las zapatillas deportivas de lona empapadas. Iba sin afeitar y desaliñado, más flaco que antes, aunque siempre había sido flaco; era como si en los meses que llevaba sin verlo se hubiera de algún modo consumido. Se quedó allí plantado con los hombros encorvados, las manos —que recordaba en constante movimiento, siempre en busca de algo en que ocuparse— hundidas firmemente en los bolsillos. *Dobur vecher*, dijo, un saludo formal, como si no estuviera muy seguro de qué terreno pisaba, y se lo devolví en el mismo tono. Pero no me desagradó verlo. Algo se sobresaltó en mi interior al tenerlo delante, a pesar de su estado y de mi deseo de sujetar con fuerza las riendas de mis sentimientos.

Nos quedamos un momento mirándonos (¿qué veía él, me pregunté, qué historia de aquellos dos años contaba mi imagen?), y luego él sacudió ligeramente la cabeza hacia arriba, señalando el apartamento a mi espalda. *Mozhe li*, dijo, ¿puedo?, y me aparté del umbral y le hice un gesto para que entrara, diciendo Sí, claro, *zapovyadaite*, entra. Me di cuenta demasiado tarde de que había usado la forma verbal de cortesía, de tal manera que mi invitación le daba la bienvenida al tiempo que mantenía la distancia. Avanzó un paso, solo ahora tendiéndome la mano, y su apretón fue como lo recordaba, fuerte y cordial, aunque ahora no me miró a los ojos con la expresión ávida y cautivadora que recordaba de nuestro primer encuentro. En vez de eso bajó la vista para mirar nuestras manos, la suya morena contra la mía, las puntas de sus dedos anchas y romas, casi cuadradas, y luego se agachó para desatarse los cordones de las zapatillas y yo absorbí su olor, húmedo y sucio y apestando a alcohol. Lo seguí al interior de la sala, donde no había cambiado nada, la mesa desnuda estaba aún junto a la ventana, el maltrecho sofá contra la pared sobre la cual había clavado un callejero de Sofía. Cuando echó un vistazo a la cocina dijo Perdona, estabas cenando, te he interrumpido, y lo miré con curiosidad, sorprendido por una formalidad envarada que nunca había visto en él. Qué pensaría que estaba sintiendo yo, me pregunté, que pudiera verse complacido o aplacado por aquella actitud; o quizá fuera otra cosa, un intento de mantener la dignidad, de reafirmarse contra lo que fuera que lo había consumido tan duramente y lo había traído por fin a mi puerta.

Se quedó en el centro de la sala con los brazos cruzados, las manos metidas bajo las axilas, y se meció hacia delante y hacia atrás, no estoy seguro de si por nerviosismo o porque necesitaba entrar en calor. Hace mucho que no te veo, dije por fin, banalmente, cómo estás, y al oír esto alzó la vista, aunque brevemente y sin levantar del todo la cabeza, cruzando su mirada con la mía como desde abajo. No estoy bien, dijo, y después con mayor firmeza, Estoy mal, necesito hablar contigo, he venido a decirte una cosa. Muchos no habrían venido, dijo, dirían es norteamericano, que se preocupe de sí mismo, pero yo no soy como ellos. De qué estás hablando, pregunté, qué ocurre, sintiéndome a la vez exasperado y temeroso de lo que estaba por llegar. Y luego no pude seguir el hilo de lo que dijo, habló demasiado deprisa o de forma poco clara, e incluso después de volver a repetírmelo continué perdido; aunque conocía las palabras no conseguía encontrarles ningún sentido, y levanté las palmas en señal de derrota. Pude ver su frustración; le había costado mucho, me di cuenta, decir lo que fuera que me estaba contando, era como si para decirlo hubiera tenido que vencer algún obstáculo, y tras haberlo superado le resultara intolerable no haber dicho finalmente nada. Se sentó en el sofá, con las piernas abiertas, y se inclinó hacia delante para abrir el portátil que había dejado en la mesita del café. Te lo voy a escribir, dijo, haciéndome un gesto para que me sentara a su lado, y me senté, excitado por estar cerca de él aunque no tenía intención de tocarlo, aunque tenía intención de resistirme a cualquier provocación.

El buscador de internet ya estaba abierto cuando se iluminó la pantalla, y Mitko se puso a teclear directamente en la barra de navegación, la solitaria línea de texto desplegándose sobre ella. Tecleaba despacio, usando solo un dedo de cada mano, usando también los códigos y abreviaturas de transliteración de los chats, que solo muy lentamente en los años que llevaba aquí se habían vuelto legibles para mí. Pero ahora entendí bastante bien su historia, y mi inquietud se acrecentó mientras movía mi cabeza de izquierda a derecha en señal de asentimiento cuando él se detenía, cada pocas palabras, para preguntarme *Razbirash li?* Hacía unos días, leí, había empezado a tener un problema, nunca le había pasado antes, sintió un dolor en la entrepierna y le salió una secreción blanca del pene. Mientras tecleaba se me ocurrió la idea, extraña y fuera de lugar, de que había usado la misma palabra, *teche*, que uno usaría para un grifo que gotea, y me apresuré a archivar aquel detalle de empleo léxico, una distracción del temor que sentía. Vale, dije cuando hizo una pausa, esperando para asegurarse de que lo había entendido, ¿has ido al médico?, y él asintió, inclinándose de nuevo sobre el teclado, escribiendo que había ido a una clínica y le habían sacado sangre y le habían dicho que tenía sífilis. Oh, dije, echándome hacia atrás sin pensar, un acto reflejo contra el contagio y contra la palabra misma, horrorizado ante una enfermedad decimonónica que solo conocía por los libros, de modo que mi primer pensamiento, inmediato y vívido, fue el de Flaubert en sus viajes, algún pasaje que había leído sobre el escritor bajándose del caballo o el camello para cambiarse las vendas que ya tenía empapadas.

Mitko debió de interpretar mi gesto de apartarme como incredulidad, porque dijo en tono seco ¿Crees que te estoy mintiendo?, y se puso de pie. Te creo, me apresuré a decir, viendo que se llevaba la mano a la cintura, claro que te creo, eso no es necesario, pero ya se había desabrochado el cinturón y, trajinando apenas un momento con el imperdible que le sujetaba las solapas de los vaqueros (habían desaparecido el botón y la cremallera), con un rápido movimiento se bajó los vaqueros y los slips hasta las rodillas. Volvió a asombrarme la desenvoltura que mostraba en ciertos momentos, lo poco que significaba para él aquella desnudez, y no pude evitar mirarle la polla, que tan bien había conocido y que era la misma de siempre, pesada y larga, sin indicio alguno de enfermedad; me llenó de estupor cuánto deseaba verla. Mitko se la cogió con una mano y se pellizcó la base con dos dedos, subiéndolos lentamente a lo largo del miembro. Era el mismo gesto que recordaba como el acto final del sexo, exprimir lo que quedaba de la sustancia deseada, y observé cómo de la punta emergía una sola gota, turbia y blanca, indistinguible en realidad del semen, y quizá fue esa misma similitud lo que me asqueó tanto, lo que me revolvió el estómago cuando Mitko usó el índice de la otra mano para recoger la secreción que tanto se parecía a una perla, pese a todo mi asco la comparación era inevitable. Él también puso cara de repulsión; *Gadno*, dijo, asqueroso. Con las manos contaminadas extendidas lejos de su cuerpo, caminó torpemente hasta el cuarto de baño, la polla colgando, los vaqueros aún por las rodillas, los slips, me fijé ahora, manchados de un blanco sucio tirando a marrón en la parte delantera, como si sufriera de algún tipo de incontinencia crónica, que supongo que era lo que le pasaba. Debía de ser terrible, pensé, acordándome de lo escrupuloso que era, encontrarse convertido en fuente de aquella polución, verla fluir de ti de forma incontrolada. Se tomó su tiempo en el cuarto de baño, lavándose las manos y luego alzándose de puntillas e inclinándose hacia delante para colocar la punta del pene bajo el chorro de agua. Lo observé, todavía sentado en el sofá, mientras se secaba con papel higiénico y después volvía a subirse los slips, sosteniendo la tela manchada lejos de la piel todo el tiempo que pudo antes de soltarla de vuelta a su sitio con un chasquido.

Regresó a la sala y se sentó de nuevo junto a mí. Es grave, dije, lo siento, y movió la cabeza de un lado a otro en señal de asentimiento. Luego me miró. ¿Tú has tenido algún problema, preguntó, algo parecido a esto? ¿Yo?, le dije, sorprendido, claro que no, no, nada en absoluto. En la clínica, continuó, me dijeron que lo tengo desde hace tiempo, eso es lo que he venido a decirte. Tienes que hacerte la prueba, me dijo, y asentí para mostrarme de acuerdo. Muy bien, dije, lo haré. No estaba muy preocupado: habían pasado dos años y no había notado nada alarmante, sin duda nada tan impactante como los síntomas de Mitko. Pero también era cierto que llevaba años sin hacerme ninguna prueba médica. El terror que había sentido constantemente de joven había dado paso a una especie de despreocupación, lo cual sabía que era una irresponsabilidad, aunque por lo general tomaba las precauciones habituales, y en cualquier caso lo más fácil era evitar pensar en ello. Muchos no te lo habrían dicho, repitió Mitko, habrían dicho qué le debo yo a ese, que se joda. Pero yo no soy así, continuó, y tú eres mi amigo. Nunca he dejado de considerarte mi amigo, dijo, cambiando solo ligeramente el tono de la conversación, haciéndolo más íntimo. Se trataba también de un tono distinto, uno que no le había oído nunca, retrospectivo, casi arrepentido, del cual tampoco me fiaba realmente, dudaba de que fuera únicamente su conciencia lo que le había traído de vuelta a mí. ¿Te arrepientes?, dijo entonces, profundizando aún más en aquel tono, ¿te arrepientes de haber ido a Varna aquella vez? No contesté de inmediato, recordando lo asustado que había estado aquella noche, y pensando también en toda nuestra falsa historia, más falsa ahora que había reflexionado tanto sobre ella. No, dije, no me arrepiento, y mientras lo decía era cierto. ¿Y tú?, le pregunté, y levantó la cabeza con un solo movimiento brusco, no propiamente un asentimiento, *Ne, ne suzhalyavam.* Por primera vez desde que había llegado sonrió, no con la sonrisa entusiasta que yo recordaba, pero aun así consiguió distender el ambiente. *Radvam se,* dijo, me alegro de que no te arrepientas, y luego puso su mano en mi rodilla, no exactamente con intención de seducirme, su enfermedad descartaba por completo esa posibilidad, sino para restablecer el contacto, pensé, para sugerirme que en algún momento podríamos reanudar lo que habíamos interrumpido. Mitko, dije, tengo que contártelo, ahora tengo un amigo, y me detuve, inseguro de cómo aclarar lo que quería decirle, la palabra búlgara admitía demasiadas posibilidades; *imam postoyanen priyatel*, dije por fin, un amigo constante, aquella torpe expresión fue lo mejor que se me ocurrió. Quería dejar las cosas claras, trazar líneas firmes, pero incluso mientras hablaba me di cuenta de que estaba dando por hecho que Mitko se presentaría de nuevo ante mi puerta, que casi con toda seguridad le dejaría entrar. ¿Es búlgaro?, me preguntó Mitko, entendiendo lo que intentaba decirle, y respondí que no; nos conocimos aquí, dije, pero es portugués, vive en Lisboa, y volví a detenerme, con la sensación de que no debía decir más. Quería guardarme mi relación con R. para mí, y el hecho de pensar en él dio una mayor urgencia a la advertencia de Mitko. ¿Cómo podría perdonarme a mí mismo si lo hubiera infectado, si lo hubiera arrastrado al mundo del que (tal como yo lo veía) él me había sacado?

Yasno, dijo Mitko, retirando la mano, lo entiendo; pareció contento de abandonar el tema. Lo había visto echar un vistazo o dos, casi involuntariamente, a la sartén que seguía junto al fogón, así que me puse de pie y volví a encender el fuego, preguntándole si tenía hambre. No era una pregunta en realidad, y él ni siquiera fingió considerarla. Mientras la comida se calentaba volvió a mi portátil, entró en Facebook y, estaba seguro, en la misma página de contactos búlgara que recordaba de antes, y luego cerró el ordenador y se sentó conmigo a la mesita. Me sorprendió no conseguir recordar una sola comida que hubiéramos compartido antes de aquel modo, en silencio, sentados y solos.

Al principio no hablamos; Mitko comió con ganas y yo lo miré hacerlo, sorprendido de lo contento que me sentía de tenerlo allí. Me pregunté cuánto de aquel sentimiento se lo debía a él, a su compañía o al placer que le producía la triste comida que había preparado, y cuánto dependía de cierta noción de satisfacción conmigo mismo, mi voluntad de dejar de lado el pasado y una generosidad a la que sabía que él recurriría antes de irse, una generosidad que ahora era verdadera, pensé, puesto que no iba a pedirle nada a cambio. Alzó la vista y sonrió cuando me vio mirándolo, y le devolví la sonrisa. Le pregunté cómo había pasado los dos últimos años, si había estado en Varna, si había encontrado trabajo. Me miró, brevemente en silencio, y luego He pasado una temporada mala, dijo e hizo una pausa, como si no estuviera seguro de cómo continuar, o como si esperase a que le sonsacara. Qué quieres decir, pregunté, mala cómo, y dejó el tenedor, que había estado cogiendo con la palma de la mano como si fuera un niño, los cinco dedos en torno al mango. Hice cosas malas, me dijo, y me pillaron y me encerraron un año. ¿En la cárcel?, pregunté estúpidamente, dónde iba a ser si no, y movió la cabeza de un lado a otro para asentir. Qué hiciste, le pregunté, acordándome obviamente de nuestra escena en Varna, la cara que me había mostrado y que parecía capaz de tantas cosas, y que era tan diferente de la cara que estaba mirando ahora.

Mitko se encogió de hombros como para quitarle importancia mientras volvía a coger el tenedor. Fue por un trabajo, dijo, trabajaba para un tipo de Varna. Ayuda a la gente, les da dinero, si necesitas algo puedes acudir a él. Pero no puedes aceptar dinero de alguien sin más, dijo, casi como si yo se lo hubiera cuestionado, tienes que devolverlo. Y si alguien no se lo devolvía, nos mandaba a nosotros. Y vosotros le hacíais daño, dije, y volvió a encogerse de hombros. *Malko*, un poco, pero nunca demasiado, y luego, como ofendido, Nunca le hago mucho daño a nadie, no soy de esos, hay gente que sí lo hace pero yo no. Bajó el tenedor hasta su plato y removió un poco la comida. Y luego, continuó, si seguían sin pagar, íbamos a donde vivían y nos lo llevábamos todo, y en ese momento señaló alrededor de la sala, como imaginándola totalmente desvalijada, el televisor, el ordenador, los muebles, nos lo llevábamos todo y el tipo se quedaba sin nada. Pero eso es normal, dijo, de nuevo como defendiendo la justicia de aquellos actos, no puedes aceptar dinero de alguien y luego no devolverlo. No cuestioné esa afirmación ni me mostré de acuerdo con ella, lo miré sin decir nada. Y eso es todo, dijo, ya había trabajado para él antes, de vez en cuando, pero esa vez me metí en líos, acabé en prisión. No fue agradable estar allí, es un sitio espantoso, no te voy a contar cómo fue. Pero ahora todo eso ya pasó, dijo, con un gesto como de lavarse las manos, no quiero volver a hacer esas cosas.

¿Qué pasó cuando saliste?, le pregunté, ¿qué hiciste entonces? Volvió a encogerse de hombros: Estuve una temporada en Sofía, dijo, encontré trabajo allí, y me contó que había trabajado en una obra, no de albañil sino de guardia de seguridad, vigilando el solar de las obras por la noche. *Skuchna rabota*, dijo, un trabajo aburrido. Se me ocurrió llamarte, todavía tenía tu número, pero no estaba seguro de que quisieras verme, pensé que seguirías enfadado. Me encogí de hombros, preguntándome si lo estaba, y él continuó, Trabajé allí unos meses, y luego la obra se paró. Ante mi mirada inquisitiva, dijo Se quedaron sin dinero, es lo que pasa siempre, tuvimos que parar de trabajar. Regresó al apartamento de su madre en Varna, que estaba bien en verano, cuando había gente, dijo, siempre había algo que hacer, y pensé cómo debía de encantarle aquello, aquellas semanas en que su ciudad se volvía una pequeña Europa, la gente joven y guapa que venía del oeste en busca de cerveza y playas baratas, el carnaval de los Balcanes, tal vez se parecía a la vida que él debería haber tenido. Pero ahora allí no hay nadie, dijo, la ciudad está vacía, así que volvió a Sofía en busca de trabajo. Pero no hay trabajo, dijo, qué se le va a hacer. Me quedé un tiempo con unos amigos, pero aquí no se puede contar con nadie, y su rostro se ensombreció, los que dicen que son amigos no son amigos ni son nada. Y luego pasó esto, dijo, señalándose la entrepierna, y no tengo dinero; quieren que primero tome pastillas, y si no funcionan necesito una inyección. Pero las pastillas cuestan cuarenta leva, dijo, y luego añadió, con fingida inocencia, ¿de dónde voy a sacar cuarenta leva? Te ayudaré, dije, obviamente, no te preocupes. Ya habíamos terminado de comer, así que me puse de pie y fui a por la billetera del pequeño estante que había junto a la puerta, y saqué cuarenta leva y después veinte más. Ten, dije, para la medicina. *Shte se opravish*, dije, te pondrás mejor, y cogió el dinero y me dio las gracias, por la comida y por mi ayuda, dijo, tomando mi mano entre las suyas. Quise preguntarle adónde iba a ir, si tenía algún sitio donde pasar la noche, pero me dio miedo que pudiera presionarme para extender mi generosidad más allá de donde podía alcanzar. Delante de la entrada se arrodilló para calzarse las zapatillas, que seguían mojadas, y se puso su fina chaqueta, y luego se incorporó y abrió la puerta, el corredor a oscuras detrás de él. Gracias otra vez, dijo, y luego, tan deprisa que no me dio tiempo a detenerlo, incluso si hubiera querido, me puso las dos manos en los hombros y se inclinó hacia mí, rozándome la mejilla con los labios. Se apartó nuevamente y sonrió, retirando las manos pero no sin antes alborotarme un poco el pelo, sonriendo ahora con la misma despreocupación que yo recordaba. Fue un gesto amistoso, para nada romántico, que no restaba intimidad a su beso pero le confería un nuevo matiz, y me sentí colmado de afecto mientras salía y cerraba la puerta tras de sí. No había tentación, pensé, no había peligro de que trastocara el equilibrio que yo acababa de encontrar, aquella monogamia que todavía conservaba la novedad de haber roto con un largo hábito. Después de cerrar con llave me quedé allí con la mano en la puerta, no con la idea de volver a abrirla sino tan solo para escuchar cómo se alejaba. Ya había bajado las escaleras cuando me acordé de encender el interruptor de la luz del corredor, activando el temporizador aunque ya no iba a servir de nada.

Aquella noche apenas dormí. Había empezado a preocuparme casi en el instante en que Mitko se marchó, y me quedé tumbado en la cama preguntándome qué iba a decirle a R. si los resultados de las pruebas salían positivos, como ahora estaba seguro de que sucedería. Le había enviado un correo electrónico diciéndole que no tenía tiempo para hablar por Skype, que era lo que solíamos hacer todas las noches antes de acostarnos. No le mencioné la visita de Mitko. No era mi intención mentir, y R. ya sabía de la existencia de Mitko, quien como el resto de mi pasado formaba parte de la historia que nos había llevado a estar juntos; es una forma de estar enamorado, pienso, contemplar el pasado de esa manera. R. se preocuparía incluso más que yo, pensé, era mejor ahorrarle aquello hasta estar seguro. El día siguiente era viernes y tenía libres las dos primeras clases de la mañana. No había estado enfermo en los tres años que llevaba en Sofía, o nunca lo suficiente como para buscar atención médica; no me gusta ir a las consultas de los médicos, los he odiado desde niño, con sus humillaciones, sus agresiones a una intimidad necesaria. Pero había una clínica cerca de mi escuela, en un edificio con fachada de cristal situado justo en la esquina entre el bulevar Malinov y el pasaje privado que lleva a la academia de policía y al American College. Pasaba a diario por delante de esa clínica, y sabía que allí era a donde iban los demás profesores, que era moderna y eficiente, y que habría alguien que hablara inglés. Esto era importante, pues era consciente de que carecía del vocabulario para pedir las pruebas que necesitaba o explicar las circunstancias de mi caso, y me imaginé que mi impotencia con el idioma se añadiría a la impotencia por la enfermedad. Me tranquilizó, en cuanto abrí la puerta de la clínica, encontrar una sala de espera que no habría estado demasiado fuera de lugar en Estados Unidos. Varias mujeres se afanaban trabajando detrás del largo mostrador de la sala agresivamente caldeada, que ya estaba llena, aunque había llegado poco después de que abrieran. Estaba nervioso cuando entré, y molesto conmigo mismo por estar nervioso. Pese a todos sus horrores literarios sabía que la sífilis tenía fácil tratamiento, no necesitaría más que antibióticos, probablemente una sola inyección. Era una estupidez sentir vergüenza, me dije, se trataba de una infección como cualquier otra. Pero conforme me acercaba al mostrador nada de eso mitigó lo que sentía, que era algo fuerte y muy arraigado, parte de una vergüenza mayor de la cual toda mi historia con Mitko, desde nuestro primer encuentro hasta aquella consecuencia diferida, no era más que la última reiteración.

Una de las mujeres levantó la vista, con los dedos detenidos sobre el teclado, y mi tensión se vio aliviada por la vivacidad de una bienvenida a la que ya no estaba acostumbrado. Me miró con expectación, esperando a que dijera algo, y cuando le pregunté en búlgaro si hablaba inglés pareció lamentar de verdad el hecho de que no fuese así, no, ni una palabra. Se giró hacia las otras mujeres de detrás del mostrador, todas las cuales confesaron la misma incapacidad. Espere un momento, dijo, levantando el auricular del teléfono, encontraremos a alguien, y mientras permanecía allí plantado eché un vistazo a la sala de espera, aliviado por que ninguna de las ocho o diez personas sentadas en las sillas de plástico, ninguna de ellas visiblemente enferma, parecía habernos prestado ninguna atención. Mire, dijo la mujer de detrás del mostrador, poniéndose de pie ahora e inclinándose hacia delante para señalar un pasillo flanqueado de salas de reconocimiento, esa mujer puede ayudarlo. Miré hacia donde me indicaba y vi a una mujer robusta y mayor que venía caminando hacia nosotros, vestida con el uniforme amorfo de los celadores y las enfermeras, el pelo rubio y escaso severamente peinado en un corte masculino. Su cara también tenía algo severo, pese a su voluminosa redondez, cierta tensión en los labios que sugería no solo una mañana difícil, sino una fatiga más esencial. Buenos días, dijo con un afectado acento británico asomando bajo el balcánico, ¿en qué podemos ayudarlo? Habló en voz más alta de lo necesario, exhibiendo su inglés, como hace a menudo la gente aquí, donde hablar bien el idioma concede cierto prestigio, y me di cuenta de que ya había empezado a caerme mal. Sí, dije, hablando no en tono furtivo pero sí a un volumen mucho más bajo, me gustaría que me hicieran una serie completa de pruebas, e hice una pausa, dándome cuenta de que ni siquiera estaba seguro de las palabras exactas en inglés, un análisis completo, dije por fin, de ETS, pensando de pronto que quizá ella no entendería el acrónimo, que debería haber dicho las palabras sin abreviar. Pero lo entendió de inmediato, dijo Sí, por supuesto, y se inclinó sobre el mostrador, apoyando los grandes pechos sobre su superficie, para alcanzar una hoja de papel. Muy bien, dijo, sacándose un bolígrafo del bolsillo, vamos a ver, y empezó a leer en voz alta las pruebas, sin bajar en absoluto el volumen mientras las rodeaba con un círculo, diciendo A ver, necesitará la del VIH, pronunciándolo como una sola sílaba, «vi», y gonorrea, clamidia, hepatitis, y luego, bajando el bolígrafo por la página, ¿algo más?

Bueno, dije, sí, pero ella chasqueó la lengua antes de que pudiera continuar, habiendo encontrado la palabra al final de la página, Sí, claro, sífilis, hablando todo el tiempo en el mismo tono excesivo, ya fuera sin darse cuenta o con malicia, pensé. Ahora había varias personas mirándonos, entre ellas un hombre muy guapo de mi edad, cuya mirada se encontró con la mía antes de que yo la apartara rápidamente. No hacía falta saber inglés para entenderlo, ya que los nombres que estaba rodeando con un círculo eran iguales en ambos idiomas, y endurecí mis rasgos para protegerme de la curiosidad que estábamos atrayendo. Bueno, dijo, entregándome la hoja, venga conmigo, y la seguí por el largo pasillo, aliviado de escapar del escrutinio y tratando de no mirar a través de las puertas abiertas de las salas de reconocimiento junto a las que pasábamos. Al llegar al final del pasillo giramos a la izquierda y nos detuvimos ante una puerta cerrada donde ponía LABORATORIYA. Por favor, siéntese, dijo, haciéndome un gesto en dirección a la pequeña banqueta apoyada contra la pared, y luego tomó la hoja que acababa de darme y entró en la sala, cerrando la puerta tras de sí. Volvió a abrirla un momento después, diciendo Muy bien, yo me voy ahora, enseguida le harán pasar. Si necesita algo, pregunte por mí, dijo, y se marchó mientras le daba las gracias, aunque después de que se fuera me di cuenta de que no me había dicho cómo se llamaba.

Habían pasado unos veinte minutos, y ya había empezado a preocuparme por llegar tarde a clase, cuando se abrió la puerta y una mujer me hizo pasar. *Dobur den*, le dije, asintiendo con la cabeza, y me señaló una silla grande que había en un rincón, pidiéndome que me sentara. La sala estaba llena de instrumentos y máquinas, muchas de ellas en funcionamiento, y todas las superficies estaban repletas de bandejas con viales rojos meticulosamente alineados. La mujer estaba ocupada con una de aquellas bandejas, pegando una etiqueta adhesiva en torno a uno de los viales antes de colocarlo de nuevo en su sitio. *Sega*, dijo, a ver, mientras se giraba hacia mí y cogía de una mesa lo que supuse que era la hoja que especificaba mis pruebas. La examinó brevemente y luego cogió una serie de viales vacíos, una cantidad desalentadora de ellos, de tamaños distintos y procedentes de bandejas diversas. Los organizó en la mesilla que había a mi derecha y luego se sentó en un taburete a mi lado. A ver, repitió, mirándome por primera vez, ¿me vas a dar problemas? La miré sin entender y continuó ¿Va a portarse bien?, ¿se portará…?, y usó la palabra *muzhki*, virilmente; la gente lo dice todo el tiempo aquí: *Druzh se muzhki*, portarse como un hombre, y a mí siempre me sentaba mal cuando me lo decían, lo percibía como un desafío que dudaban que pudiese superar. Y en cualquier caso era la típica cháchara de médico que tanto odiaba, el típico preliminar amistoso antes de la parte desagradable. La mujer se parecía mucho a la que me había atendido antes, mayor, amorfa y con el pelo corto y escaso, aunque el de esta estaba teñido del alarmante tono de rojo inexplicablemente popular en Sofía. Me portaré bien, dije, sacando el brazo de la manga, y luego abriendo y cerrando la mano mientras me ataba un torniquete de goma en torno al bíceps. No me preocupaban las agujas, pero odiaba la presión del torniquete, el lento inflarse de las venas contra la piel. Ah, dijo la mujer para mostrar su satisfacción, aquí hay una buena, y me pidió que apretara con fuerza el puño mientras me frotaba rápidamente la vena con alcohol. Entonces aparté la vista, como hago siempre, mirando el cuadradito de la ventana con su vislumbre de cielo, y después cerré los ojos cuando sentí el metal en la piel, el agudo pinchazo y luego el dolor inquietantemente sordo de la aguja en la vena. Sabía lo que se hacía, pensé mientras colocaba el primer tubo en su sitio con una mano y desataba el torniquete con la otra, diciéndome al mismo tiempo que relajara el puño; ciertamente había tenido experiencias peores, aunque me quedé perplejo cuando me fijé, al volver a mirarme el brazo, extrañamente ajeno a mí ahora mientras realizaba su trabajo de bombear sangre con vigor, en que la mujer estaba haciendo todo esto sin guantes. Se dedicó a llenar los viales rápidamente, enroscando y desenroscando los tapones con destreza hasta que por fin extrajo la larga aguja, al tiempo que presionaba una bola de algodón contra la herida. Apriete aquí, dijo, *zdravo*, fuerte, y luego recogió los viales y los llevó a una mesa, donde empezó a etiquetarlos y a colocarlos en bandejas. Al principio no me levanté, esperando instrucciones, y luego pregunté ¿Hemos terminado?, y ella respondió despectivamente *Da da*, enfrascada en su trabajo, y dijo que podía volver a recoger los resultados después del almuerzo.

Llegué a la escuela a tiempo para la clase, decepcionando a los alumnos que se habían congregado ante la puerta, sorprendidos de encontrarla cerrada y emocionados ante la perspectiva de ver interrumpida su rutina. Solo quedaban unos minutos para el segundo timbre, no tenía tiempo para reordenar mis pensamientos, pero eran buenos chicos, habladores, amigables, ávidos de debate, y aunque no paraba de pensar en aquellos viales que ahora estarían revelando sus secretos, al final me perdí en el ir y venir de la conversación, agradecido de que fuera uno de aquellos días en que la maquinaria básicamente funcionaba. Impartí cuatro clases, dos antes del almuerzo y dos después, y lamenté ver marcharse a los últimos alumnos, por una vez habría aceptado encantado cualquier ofrecimiento de prolongar nuestra charla. Las mismas mujeres estaban detrás del mostrador cuando regresé a la clínica, y la misma que me había atendido antes cogió el teléfono al verme e intercambió unas rápidas palabras con alguien mientras me acercaba. Habla un poco de búlgaro, ¿no?, me preguntó, devolviendo el auricular a su soporte, y a continuación me dijo que mis resultados todavía no estaban listos y me invitó a sentarme a esperar, no tardarán mucho, me dijo. Ahora la sala de espera estaba vacía, y en general la clínica se veía más tranquila, libre del ajetreo matinal. Me senté en una de las sillas de plástico junto a una mesa baja y alargada cubierta de panfletos, folletos informativos sobre salud ocular y diabetes, anuncios de medicamentos, de una marca en particular de lubricante, los papeles satinados diseminados azarosamente sobre la mesa. Eché un vistazo a uno de los folletos pero no entendí gran cosa, incluso la primera página estaba llena de palabras que no conocía, aunque al abrirlo las imágenes me resultaron familiares de haberlas visto antes en otras salas de espera, ese genérico lenguaje visual de las admoniciones y los consuelos sanitarios. Por mucho que hubiera evitado las consultas médicas, aquellas imágenes, con sus advertencias sobre precaución y prevención, formaban parte desde hacía mucho tiempo de mi noción más íntima de mí mismo. Había crecido en pleno auge del pánico al sida, cuando el deseo y la enfermedad parecían estar esencialmente vinculados entre sí, una relación que no podía gestionarse sino que era algo absoluto e inmutable, una consecuencia y su causa. Donde crecí la enfermedad era la única historia que se contaba de la gente como yo, y aquello aplanó mi vida hasta convertirla en una fábula moral en la que podía o bien ser casto o bien acabar condenado. Tal vez fuera por eso por lo que, cuando por fin empecé a practicar sexo, lo que buscaba no era tanto el placer como la euforia de dejar de lado las restricciones, de fingir que no tenía miedo, una emoción liberadora tan intensa que resultaba casi suicida. Mientras estaba sentado hojeando folletos, esperando a que alguien viniera a buscarme para llevarme a otra parte, me acordé de la primera vez que me había hecho la prueba, durante mi último año de instituto, en una clínica gratuita de Michigan. Había dejado mi ciudad natal dos años antes, y durante aquel tiempo me habían llegado noticias de algunos amigos míos que habían caído enfermos. Sabía que seguramente me había expuesto a la enfermedad, había hecho gala de una temeridad inconsciente; y mientras esperaba a que la enfermera me llamara por mi nombre, dos semanas después de haberme hecho la prueba, estaba seguro de la noticia que iba a darme. A mi lado estaba mi mejor amigo, y le tomé la mano mientras la mujer me leyó los resultados y no sentí alivio, no exactamente, sino decepción, o una mezcla de sensaciones tan desconcertante que todavía hoy no he conseguido ponerle nombre. Tal vez lo único que deseaba era que el mundo tuviera un significado, y que el significado fuera el del castigo.

Por primera vez desde que había llegado, la puerta de la clínica se abrió, y entró la enfermera con la que había hablado por la mañana. Se movía lentamente, sosteniendo entre dos dedos un fino vaso de plástico lleno de café, el fondo un poco abombado, distendido por el calor. Hola, dijo con su extraño acento, ¿ha venido a buscar sus resultados?, y cuando le dije que ya llevaba un rato esperando, que empezaba a sentir que se habían olvidado de mí, su rostro se ensombreció compasivamente. Bueno, me dijo, a ver qué podemos hacer, y se giró y se puso a hablar muy rápido con la recepcionista. Se refirió a mí como *gospodinut*, el caballero, lo cual me sorprendió; la gente mayor de aquí suele llamarme *momcheto*, el chico, un término amable que me gusta más. Venga conmigo, dijo, girándose hacia mí, y la seguí hasta la sala a la que me había llevado antes, con una extraña sensación de ingravidez en el abdomen. Vuelvo en un momento, dijo, espere aquí, y entonces llamó enérgicamente a la puerta del laboratorio y la abrió sin esperar respuesta. Dejó la puerta entornada y pude oír parte de su conversación, o al menos su voz, que era más fuerte que la otra y teñida de algo que parecía reproche. Oí una silla que chirriaba al levantarse alguien y luego, en voz más baja, un largo intercambio del que entendí poca cosa, aunque sabía que debía de significar que estaban discutiendo sobre algo, y me di cuenta, con un nudo repentino en la boca del estómago, de que estaba sorprendido, de que pese a toda mi ansiedad no había creído realmente que pudiera estar infectado, y pensé en R., en lo que iba a tener que contarle y en cómo reaccionaría.

Las voces se acercaron y oí que la técnica sanitaria decía ¿Se los damos en mano y ya está?, y la otra mujer, la que me había acompañado, contestaba Sí, claro, son sus resultados. Salió ella sola al pasillo, sosteniendo la hoja y sonriendo, y tal vez solo me lo imaginara pero su sonrisa me pareció distinta. Dígame, dijo, ¿ha dado alguna vez positivo en una de estas pruebas?, y respondí que no, nunca, siempre había dado negativo. Bueno, dijo, puede que haya un problema, y sostuvo la hoja en alto para enseñármela. Mire, dijo, señalando una línea en la que había una marca hecha a mano con tinta, un signo de suma o una cruz, rodeado por letras en cirílico y otros símbolos que no me dio ocasión de descifrar. Ha dado usted positivo en sífilis, dijo. Como era la noticia para la que me había preparado no reaccioné, lo cual pareció sorprenderla o decepcionarla, como si le hubiera escatimado el efecto deseado. Es una infección muy grave, dijo en tono casi severo, como si yo fuera un niño al que tuviera que instruir. Sí, dije dócilmente, por supuesto, y ella prosiguió, más suave, Pero esto es solo una primera prueba, debe hacerse otra para confirmar el resultado. ¿Pueden hacérmela ahora?, pregunté, horrorizado ante la idea de tener que esperar más, pero ella dijo Oh, no, como sorprendida por mi pregunta, para eso tiene que ir a otra clínica, aquí no podemos hacérsela. Pero aquí, dijo, sacando un papel más pequeño que había estado sosteniendo detrás del informe de mis resultados, le he apuntado el sitio al que tiene que ir. POLICLÍNICA XXIX, había escrito, la cifra en grandes números romanos, y debajo GOTSE DELCHEV, el nombre de un distrito en el que nunca había estado. Mientras tomaba el papel, me imaginé teniendo que averiguar cómo llegar a una parte desconocida de la ciudad, hasta una clínica pública en la que nadie hablaría inglés, y pensé en todo lo que había oído sobre aquellos lugares, las largas colas y las instalaciones precarias, la incompetencia y la desconsideración de los médicos. La mujer debió de ver cómo me sentía y, como si le diera pena, dijo Uno de los autobuses que paran aquí delante lleva hasta allí, me parece, siento no saber decirle cuál. Se dirigió de vuelta hacia la recepción, habiendo hecho todo lo que estaba en su mano, y la seguí obedientemente. Por eso odiaba las clínicas y los reconocimientos médicos, pensé, el ultraje que te infligían, la forma en que médicos y enfermeras podían dictar una sentencia y luego lavarse las manos, de tal manera que por mucho que te cambiaran la vida ellos permanecían inmutables. Tendrá que ir ya el lunes, comentó, están a punto de cerrar por el fin de semana. Dígame, dije mientras nos acercábamos a las puertas de cristal de la salida, una vez que tenga los resultados de la segunda prueba, ¿podré recibir el tratamiento aquí? Dije esto en un tono que debió de sonar esperanzado, o quizá en tono de súplica, y me dio la sensación de que se regodeaba en su respuesta cuando me abrió la puerta y repitió Oh, no, es mejor que se encarguen de todo desde allí. Salí, y luego me giré a medias para levantar la mano a modo de despedida. Pero fue un gesto inútil; ella ya había pasado a otras cosas, dejando que la puerta se cerrara a su espalda.

El domingo por la noche volvió a aparecer Mitko. Esta vez llamó al timbre de la calle, convencido de que le contestaría; o tal vez se había cansado de esperar a que alguien abriera la puerta. Era tarde, ya estaba en la cama con un libro en las manos. Había sido un fin de semana largo, tenso, y apenas había tenido que exagerar cuando escribí a mi jefe de departamento para decirle que estaba enfermo y no podría ir a trabajar, dejándome el día siguiente libre para acudir a la clínica. Volvía a verme atrapado por la poesía de la enfermedad, por así decirlo, por aquella aura o miasma de la vergüenza; me sentía sucio, quería esconderme, tenía la sensación, pese a todo lo que sabía de la enfermedad, de que el mero hecho de tocar a alguien podría contaminarlo. Me lavaba las manos compulsivamente, y hacía un uso obsesivo de las botellitas de gel antiséptico que la mayoría de los profesores tenían a mano. Me quedaba en casa tanto como podía, y cuando tenía que salir rehuía cualquier clase de contacto, procurando no topar ni rozarme con la gente por la calle o en el supermercado, lo cual es difícil evitar aquí, donde existe un concepto muy distinto del espacio personal. Había estado enfermo antes, claro, pero sentía que más que una enfermedad esto parecía una confirmación física de la vergüenza.

Se lo conté todo a R. el viernes por la noche. Lo llamé por Skype en cuanto lo vi conectado; llevaba un rato esperando, había salido con unos amigos y llegó a casa más tarde de lo previsto. Todavía llevaba la ropa de calle cuando su imagen llenó mi pantalla, el pelo alborotado por el gorro que acababa de quitarse. Ya estaba en mitad de una frase cuando me llegó su voz, disculpándose por el retraso, y tardó un momento en darse cuenta de que algo iba mal. ¿Qué pasa?, preguntó, ¿qué ha ocurrido? Durante unos instantes no encontré valor para hablar y luego empecé a expresarme como un niño, dije Tengo que contarte una cosa, lo siento, no te enfades, por favor. ¿Qué pasa?, repitió, ahora un poco asustado, dímelo ya. Y lo hice, mirándole a la cara mientras le contaba la visita de Mitko y lo de la clínica y lo que me habían dicho. No sabía cómo iba a reaccionar; pensé que se enfadaría, incluso tenía miedo de que pusiera fin a nuestra relación. Pero se limitó a inspirar algo más profundamente y dijo Muy bien, me haré la prueba, no es gran cosa, ¿verdad?, en el peor de los casos es una inyección. Tranquilízate, dijo, y me sentí inundado por la gratitud y el alivio. Me sorprendió que se lo tomara con tanta calma, con más calma que yo; normalmente yo era el más estable de los dos, el mayor y el más centrado, y en cuanto nos desconectamos de Skype me pregunté si aquella calma duraría, o si simplemente estaba en shock por la noticia y sufría una especie de vacío emocional antes de que llegara la preocupación. Y tenía razón, al despertarme a la mañana siguiente me encontré la bandeja de correo llena de mensajes que me había enviado a lo largo de la noche, cada uno más angustiado que el anterior. Acababa de graduarse en la universidad y aún no tenía trabajo, dependía por completo de sus padres; tendría que pedirles dinero, escribió, lo que implicaría contarles toda la historia. Hacía poco que les había hablado de mí, para lo cual había tenido que salir del armario ante ellos; cómo iba a contarles que tal vez tuviera sífilis, me preguntó, qué iban a pensar. Para cuando me mandó el último correo ya estaba histérico, y me sentí horriblemente mal por lo que había hecho. Volvimos a hablar cuando se despertó, y le dije que le enviaría dinero, que por supuesto yo lo pagaría todo, a fin de cuentas era culpa mía. Aunque me preparé para que su ansiedad se convirtiera en resentimiento y luego en acusaciones, no fue así. Para el domingo por la noche ya había recuperado su determinación: por la mañana iríamos a nuestras clínicas respectivas, acordamos, nos haríamos el tratamiento, pronto se habría acabado todo.

Ya había cerrado el ordenador y me había metido en la cama para leer cuando sonó el timbre. Sabía quién era, naturalmente, pero aun así salí al balcón a mirar. Abajo estaba Mitko, con la cabeza descubierta pese al frío, mirando hacia arriba por si yo aparecía. Cuando me vio sonrió, y extendí una mano hacia él, como dando golpecitos en el aire, para indicarle que esperara, antes de volver a entrar para ponerme rápidamente la ropa que había dejado tirada en el suelo. Habíamos acordado, R. y yo, que cuando Mitko regresara no debía dejarlo entrar en el apartamento, que debíamos hablar fuera o ir a otra parte; No me gusta la idea de que esté ahí, había dicho R., y pensaba muy en serio que debía romper del todo con él. ¿Por qué tienes que seguir viéndolo?, me había preguntado varias veces en los últimos días, no le debes nada, ya le has ayudado, y si continúas ayudándole esto no acabará nunca, se aprovechará de ti una y otra vez. Tú sabes que no le importas, me había dicho R. en una de nuestras conversaciones, nunca fuisteis amigos ni nada. Yo lo sabía, así que me costaba mucho explicar la obligación que sentía, la sensación de que simplemente no podía, pasara lo que pasase, dejar a Mitko vagando a la deriva, pese a que había intentado hacerlo antes, y tal vez tendría que volver a hacerlo. Quieres ser el gran americano, me había dicho R. en su última ofensiva, crees que puedes arreglarlo todo, quieres salvarlo. Y quizá en parte era así; estaba claro que había una ternura en mí que Mitko hacía estallar como no lo había hecho nadie, y odiaba que, aunque a veces pudiera mostrarse violento, al final estuviera indefenso en un mundo que apenas le prestaba atención. Era cierto que quería ayudarle, pero ya no creía, si es que lo había creído alguna vez, que a Mitko se le pudiera alejar definitivamente de aquello en lo que se había convertido su vida. Sabía que no podía salvarlo, pero ¿cómo podía explicarle a R., especialmente a él, la sensación de inevitabilidad que experimentaba cada vez que aparecía Mitko, como si formáramos parte de una historia que ya había sido escrita?

Cuando salí al frío estaba esperando pacientemente, de pie junto a la puerta y dando caladas a un cigarrillo que se dejó en la boca para levantar una mano a modo de saludo. *K'vo ima*, preguntó, levantando la vista hacia el apartamento a oscuras, ¿qué pasa? Un amigo se está quedando en casa, dije, la mentira que R. me había dicho que utilizara, y Mitko asintió, *Yasno*, entiendo. Tu amigo de Portugal, dijo, la conclusión obvia, aunque me chocó oírle mencionar a R., y negué rápidamente con la cabeza, como para disipar el pensamiento de él flotando en el aire. No, dije, solo un amigo, y luego, antes de que pudiera preguntar nada más, ¿Tienes hambre, quieres que vayamos a comer a algún sitio? Echamos a andar despacio juntos sobre el hielo, que cubría la acera en gruesas capas estratificadas. Mitko llevaba la misma ropa con la que le había visto la última vez, la misma chaqueta fina, pero no parecía que el frío le molestara, y en general tenía mejor aspecto: se había duchado y afeitado, su ropa estaba limpia, y cuando bajé la vista vi que las zapatillas deportivas de lona habían sido reemplazadas por unos botines de cuero, gastados pero recios. Me los ha

regalado un amigo, dijo Mitko cuando le pregunté, enco-
giéndose de hombros, no son muy bonitos pero van bien,
mejor que los otros. Al llegar a la esquina de mi edificio
giramos a la derecha, por una travesía menos transitada y
por tanto especialmente traicionera ahora, y a pesar de mis
botas resbalé varias veces, en una ocasión estuve a punto de
caerme. Cuidado, dijo Mitko, agarrándome y sujetándome
fuerte, pisando con más seguridad que yo, y una vez que
recobré el equilibrio me rodeó con firmeza los hombros,
dejando allí el brazo mientras caminamos en dirección al
bulevar principal. En esa calle había un McDonald's abierto las veinticuatro horas; siempre estaba bien iluminado y
siempre había gente, como R. me había recordado; sería
un buen lugar si tenía que encontrarme con Mitko, había
dicho, un lugar seguro.

Me esperaba que Mitko llenara su bandeja más de lo que
podía comer, como solía hacer cuando lo invitaba, pero solo
pidió un sándwich, patatas fritas y, ante mi insistencia, un
batido, que era algo que nunca había tomado, dijo, nunca se
le había ocurrido probarlo. En cuanto el empleado lo puso
en la bandeja, Mitko lo agarró y se llevó la pajita a los labios, y fue un gozo ver cómo sus ojos se agrandaban de
placer al probarlo. Nos dirigimos con su bandeja al rincón
más apartado, lo más lejos que pudimos del resto de los
clientes, algunas parejas, un grupo grande de amigos. A la
derecha de nuestra mesa había una puerta de cristal cerrada
que daba a una sala para fiestas infantiles. La sala estaba a
oscuras y la puerta cerrada con llave, como descubrió Mitko cuando intentó girar el pomo; pero pudimos distinguir
fragmentos del interior de vivos colores, los cubos de plástico para trepar, asientos mullidos con forma de personajes
de dibujos animados. Me inquietó un poco; era todo un
mundo moldeado con vistas a una especie de despreocu-

pación que dudaba que tuviera algo que ver con la infancia, una despreocupación que no recordaba haber sentido nunca. Mitko se sentó y se puso a devorar su comida, sin parar hasta que apenas quedaba nada. Entonces levantó la vista, casi avergonzado, como si por un momento hubiera olvidado que yo estaba allí. *Kak si*, me preguntó, sonriendo un poco, y le respondí que estaba bien, un poco cansado quizá, pero bien. Es tarde, dijo en tono de disculpa, sé que te acuestas temprano, no habría llamado al timbre si no hubiera visto la luz encendida. No era verdad, por supuesto, como sabíamos los dos, y quizá mi tono fuera un poco brusco cuando dije ¿Por qué has venido a verme, necesitas algo?, pero hizo caso omiso y en su lugar me preguntó si ya había ido a la clínica, si me había hecho la prueba. Sí, dije, tengo que volver mañana para hacerme otra prueba, pero la primera dio positivo, sé que lo tengo. Mitko me miró en silencio y luego dijo Oh, lo siento, y sonó sincero, todavía más cuando lo repitió, *suzhalyavam*, lo siento. Pero le quité importancia, haciendo un pequeño gesto con la mano en el aire. Me lo has pasado tú, dije, seguramente yo se lo he pasado a mi amigo, y a ti también te lo pasó alguien; es una infección, dije, nadie tiene la culpa, no tienes por qué pedir perdón. Mitko pareció sorprendido al oír aquello, que renunciara de ese modo a una ventaja, pero aun así meneó la cabeza en señal de asentimiento. ¿Y tú?, dije, ¿estás mejor, te han ido bien las pastillas?, pero él sacudió la cabeza, ese único movimiento vertical que aquí significa no, como una puerta que se cierra. No, no me han ido bien, y se señaló la entrepierna, todavía tengo el mismo problema, dijo, usando la misma palabra de la vez anterior, la del grifo que gotea. Volví a la clínica, dijo, tienen que ponerme las inyecciones, las pastillas no son lo bastante fuertes. Es peligroso para mí, continuó, la medicina es muy fuerte, y ya tengo problemas de hígado, te lo conté. Asentí, recordando que me había hablado de las semanas que había pasado en el hospital de Varna, que me describió como un lugar aún más horrible que la prisión. Así que es peligroso, prosiguió, pero tengo que hacerlo, tengo que deshacerme de esto otro. *Suzhalyavam*, dije, repitiendo su palabra, lo siento. Y sale muy caro, continuó, mirándome para hacerme sentir la mayor compasión posible, las inyecciones cuestan mucho más que las pastillas, cien leva, dijo, y se apresuró a añadir Pero eso es lo que valen las tres inyecciones, con eso ya acabo. No me había pedido nada, pero por supuesto la petición estaba ahí, parecía cruel obligarle a pronunciarla. *Dobre*, dije, de acuerdo, te ayudaré, no te preocupes. Una tensión que no había percibido hasta entonces se disipó al sonreírme, y me di cuenta de que Mitko había estado realmente preocupado, inseguro de si mis sentimientos por él llegarían a tanto. Gracias, dijo, y luego, eres un amigo de verdad, *istinski priyatel*, y me desconcertó el placer que me produjo oírselo decir.

Mitko volvió a concentrarse en la comida de la bandeja, en lo que quedaba, decidido a no dejar que nada se desperdiciara. Quise alejarme un momento de él, así que eché la silla hacia atrás y me puse de pie, diciendo que volvería enseguida. El cuarto de baño estaba cerca de la mesa que habíamos escogido, justo enfrente de aquella sala de juegos cerrada con llave que tan extrañamente siniestra me resultaba. Era pequeño, con un solo cubículo, un urinario y un lavamanos pegado a la pared. Me acerqué al urinario, sacándomela por pura formalidad pero sin ninguna urgencia por mear; en vez de eso cerré los ojos y respiré hondo, agradecido por haberme alejado de Mitko y de lo que me había hecho sentir, aquel placer que me resultaba demasiado intenso. Más tarde me preguntaría si aquel sentimiento mismo fue una invitación para lo que sucedería luego, si había dejado que Mitko lo entreviera; pero pienso que no, pienso que me quedé realmente sorprendido cuando oí o sentí abrirse la puerta, sentí más que oí, creo, una levísima alteración de la presión, la resistencia del aire cediendo como mi propia resistencia, que fue completamente barrida cuando sentí la repentina calidez de Mitko detrás de mí. Supe que era él nada más abrirse la puerta, en ningún momento se me pasó por la cabeza que pudiera ser nadie más, como tampoco se me ocurrió pedirle que parara, o se me ocurrió tan débilmente que el pensamiento se perdió en el arrebato de mi excitación. La puerta no tenía pestillo, podrían habernos interrumpido, y quizá el riesgo intensificó mi placer cuando Mitko presionó todo su cuerpo contra mí, colocando un pie entre los míos y apoyando su torso en mi columna, su cálido aliento sobre mi cuello. Esto era la realidad, sentí con un extraño alivio, era el lugar al que pertenecía, y pensé en R., aunque me avergüenza recordarlo, como si nuestra vida juntos, pública y a la luz del sol y duradera, careciera por completo de sustancia; la sentí desaparecer, desaparecer sin más, como una sombra inflamable, y una parte de mí se alegró de sentirla esfumarse. Mitko pegó su boca a mi cuello y me metió las manos por debajo de la camisa, tocándome como sabía que me gustaba ser tocado, acordándose con exactitud aun después de tanto tiempo. Luego presionó con más fuerza, obligándome a inclinarme hacia delante, y tuve que apoyarme con una mano en los azulejos mientras sentía cómo se frotaba contra mí; quería que supiera que la tenía dura, que él también lo deseaba, que estaba dispuesto a volver a hacer lo que habíamos hecho tantas veces. Con la otra mano empecé a masturbarme, se me había puesto dura al primer contacto, a la primera insinuación de aquel contacto, y luego me vi arrastrado hacia delante en un solo movimiento, rápido e inconsciente, arrastrado por Mitko, su peso contra mí y sus manos, y luego de repente sus dientes en mi cuello, hasta que me corrí con un placer que no había conocido en meses, que quizá nunca había conocido con R. Por un momento, mientras dejaba caer la cabeza hasta posar la frente junto al brazo, antes de poder experimentar nada más, sentí agradecimiento hacia Mitko. Permaneció conmigo un poco más, estrechándome entre sus brazos con más fuerza, como si estuviera sosteniéndome; y entonces sentí una última presión de sus labios en mi cuello y se marchó.

Dejé la cabeza apoyada en los azulejos, respirando hondo, sintiendo que mi organismo se relajaba con una sensación parecida al claqueteo del metal al enfriarse. Sin abrir los ojos, tiré de la palanca del urinario, luego otra vez, y una tercera vez. Estaba acostumbrado a sentir remordimiento en aquellos momentos, por supuesto, a veces pensaba que formaba parte de mi placer, como un regusto amargo haciendo de un sabor algo más intenso; pero ahora sentí algo más fuerte, estaba enfermo, estaba infectado, y allí entraban niños, pensé, acordándome de aquella sala cerrada con llave mientras tiraba de la palanca una y otra vez. Entonces entré en el cubículo del retrete y desenrollé un montón de papel higiénico, que mojé en el lavamanos y usé para limpiar la palanca que acababa de tocar, así como la pared donde me había apoyado, aunque allí no podía haber peligro alguno; y luego me puse a limpiar la porcelana misma, por dentro y por fuera. Sabía que todo aquello era excesivo, estaba limpiando superficies que era improbable que nadie tocara nunca, pero seguí haciéndolo mientras el papel se deshacía en mi mano. Finalmente llevé la bola de papel mojado al retrete, y luego me pasé un buen rato ante el grifo, lavándome las manos. Solo entonces me permití pensar en R., mientras me miraba en el espejo, la cara todavía ruborizada. Él te quiere, dije, murmurando las palabras demasiado fuerte. Y luego lo repetí.

Cuando salí del cuarto de baño vi que Mitko había despejado la mesa. Solo quedaba el vaso de plástico del batido, y estaba inclinado sobre él con los codos plantados en la mesa, mirándome con la cabeza ladeada y expresión inquisitiva. Parecía un niño, pensé, como lo había pensado tantas veces antes. Me observó con una especie de expectación precavida, como si supiera que no se había comportado estrictamente como debería, pero pensara que se había mostrado tan encantador que aun así podía esperar una recompensa. Cuando me preguntó si estaba todo bien, dije Sí, sí, todo está bien. *Malko sme ludichki*, dijo entonces, su rostro abriéndose en una sonrisa, una sonrisa de verdad, de alto voltaje, estamos un poco locos; y tuve que mostrarme de acuerdo en que así era, devolviéndole una débil sonrisa. Pero mi sonrisa se desvaneció enseguida, y sin sentarme le dije que teníamos que irnos. Sí, contestó Mitko, te espera tu amigo, y antes siquiera de recordar la excusa de antes pensé en R. Se puso de pie, luego tomó su vaso y sorbió ruidosamente de la pajita por última vez, extrayendo todo el dulzor que pudo. El frío resultó brutal después de la calidez del restaurante, pero me detuve para darle a Mitko el dinero que me había pedido, sacando los cinco billetes nuevos de mi billetera y doblándolos por la mitad mientras se los entregaba. Gracias, dijo, apretando el dinero en su puño y llevándoselo al corazón, muchas gracias, *naistina*, en serio. No es nada, dije, lo necesitas; y me apresuré a preguntarle cómo quería volver a casa, si en metro o en autobús. Pero ya era tarde, y además domingo, y ninguno de los dos estaba seguro de a qué hora cerraba el metro. En la otra acera del bulevar había una parada de autobuses que iban al centro, así que cruzamos juntos hacia allí, la nieve enfangada por el tráfico diurno ya congelada en la tranquila calle. Mitko caminaba confiado con sus botines nuevos, unos pasos por delante de mí, ya no tan atento conmigo, no pude evitar pensar, ahora que tenía lo que había venido a buscar; y miraba a su alrededor inquieto, como si se sintiera frustrado por la desolación de la calle. Solo había otra persona esperando bajo la endeble estructura de plástico y chapa corrugada, un hombre de treinta y tantos años con un pesado abrigo, arrebujándose contra el viento y encorvado sobre el cigarrillo que tenía en la mano. Nos echó un vistazo y apartó rápidamente la mirada, pero Mitko se dirigió a él sin vacilación, llamándolo *bratle*, hermano, pidiéndole primero un cigarrillo y luego, cuando ya se lo había dado, también fuego. *Dobre*, dije después de aquella transacción, muy bien, te dejo aquí, tengo que volver, y Mitko se puso el cigarrillo en la boca y me tendió la mano para una breve despedida. Luego salió de debajo de la marquesina y, aunque eso comportara exponerse al viento, giró la cara en la dirección en que vendría el autobús.

Los autobuses de la línea 76 son viejos y están en mal estado, y el que al fin paró a la mañana siguiente presentaba el mismo aspecto que todos los demás, cuadrado y pintado de un verde metálico mate. Era un autobús doble, con los dos compartimentos unidos por un enorme gozne en el centro, en torno al cual una membrana de plástico a modo de acordeón se tensaba y destensaba cada vez que las dos mitades forcejeaban la una contra la otra sobre las calles llenas de baches. El plástico estaba desgarrado en algunas partes, dejaba entrar ráfagas de un aire dolorosamente frío que aun así no conseguía mitigar el calor sofocante. La mía era una de las primeras paradas de la ruta, de modo que pude sentarme, y limpié la ventanilla con la manga, despejando un semicírculo en la condensación que volvió a empañarse casi de inmediato. En cada parada se subían más viajeros y solo se bajaban unos pocos; al llegar a Tsarigradsko Shose, el bulevar que llevaba al centro, el autobús ya iba lleno, y una anciana robusta ocupó el asiento contiguo al mío. En aquel espacio ahora más reducido renuncié a intentar mantener despejada la ventanilla, dejando que se empañara por completo, y desvié mi atención al interior. Los pasillos se estaban llenando, así como el hueco abierto alrededor de las máquinas para marcar los billetes, a solo una o dos filas de mi asiento, y también el espacio más amplio un poco más allá donde se juntaban las dos mitades del autobús, una plataforma circular que cubría el suelo sobre la bisagra o juntura que las unía. Era un sitio donde resultaba difícil viajar; la gente mayor lo evitaba, pese a que había una barandilla para lidiar con el movimiento bamboleante que a veces, dependiendo del humor del conductor, podía ser bastante violento. Me acordé de una tarde del otoño anterior, justo después de acabar las clases y por tanto antes de la hora punta vespertina, en que me quedé mirando a un grupo de estudiantes varones que por turnos se plantaban allí sin sujetarse a la barandilla, doblando las rodillas y estirando los brazos en pose de surfistas, riéndose cada vez que perdían el equilibrio. Ahora no había nadie de humor para eso; los hombres se agarraban a la barandilla con una hosquedad de lunes por la mañana. A medida que subía más gente empezó a hacer más calor en el autobús, y el aire adquirió un olor invernal al que ya me había acostumbrado, a lana húmeda, cigarrillos e, incluso a aquella hora temprana, cerveza.

Había empezado a sudar, y miré el pestillo de la parte superior de la ventanilla, deseando poder alargar el brazo y bajarla. Pero no me atreví; todo el mundo se habría molestado, la gente de aquí está convencida de que la más mínima corriente de aire puede matarte. Justo delante de mí había un hombre de pie, apoyado en la ventanilla, que se movía ligeramente, no solo con el vaivén del autobús sino con un movimiento propio, desplazando su peso hacia delante y luego hacia atrás, restregando su abrigo contra la ventanilla. Fue mientras se inclinaba hacia delante cuando vi una mosca en el panel de cristal detrás de él. Estaba inmóvil, tal vez aturdida por el frío de la superficie, una mosca común que debía de haber entrado en el autobús procedente del interior caldeado de un apartamento y transportada al calor de la ropa de algún pasajero. En verano es habitual que haya moscas en los autobuses, claro, son un incordio zumbante, pero esta parecía especial; debía de haber sobrevivido a todo tipo de adversidades para llegar hasta allí, tan avanzado el invierno. Se mantenía pegada a la ventanilla pese al traqueteo del autobús, hasta que por fin realizó un minúsculo movimiento ascendente, como un paso exploratorio por el cristal. Cuando el hombre se reclinó hacia atrás, volviendo a cubrirla con su abrigo, estuve a punto de gritarle que se detuviera. Esperé verla resurgir, incapaz de apartar los ojos del sitio donde la había visto por última vez. Me había olvidado del calor asfixiante y la tristeza general del trayecto en mi preocupación por aquella criatura y en el alivio que me produjo, después de que el hombre volviera a cambiar de postura, verla todavía intacta. Durante los minutos siguientes observé cómo el hombre se inclinaba hacia delante y hacia atrás y la mosca aparecía y desaparecía. Casi cada vez que el abrigo se apartaba, la mosca subía un poco más hacia el punto donde el hombro del hombre tocaba el cristal; No lo hagas, le dije por lo bajo, vas por el mal camino. Era ridículo preocuparse tanto, lo sabía, no era más que una mosca, por qué debería importarme; pero me importaba, al menos mientras la estuviera mirando. Preocuparse no es más que eso, pensé, no es más que mirar algo durante el tiempo suficiente, ¿por qué debería ser una cuestión de escala? Al principio me pareció un pensamiento optimista, pero resulta que nos cuesta mirar las cosas, o mirarlas de verdad, y no podemos mirar muchas a la vez y, por otro lado, es muy fácil apartar la vista.

En el centro, en Orlov Most, el Puente del Águila, el autobús por fin se vació un poco, se había bajado aproximadamente la mitad de los pasajeros y ahora subían muchos menos. La mujer que tenía al lado se levantó, para mi alivio, y el hombre que se apoyaba contra el cristal también se marchó, saliendo junto con los otros para escapar al exterior. Busqué ansiosamente la mosca con la mirada, y como no vi ni rastro de ella me levanté, antes de que subieran los nuevos pasajeros, y examiné el suelo para ver si se había caído. Pero allí tampoco estaba, así que volví a sentarme, desconcertado. Solo quedaban unas pocas paradas antes de entrar en Gotse Delchev y girar hacia las calles residenciales, y como no conocía la ruta me cambié de sitio para estar cerca de la puerta y poder asomarme para leer los nombres de las paradas por las que pasábamos. Pero no tenía por qué preocuparme; la policlínica tenía parada propia y varias personas nos bajamos allí, dejando el autobús prácticamente vacío al pisar la nieve. Era una amplia estructura de cemento gris de cuatro o cinco plantas, mucho más grande que la clínica de al lado de la escuela, casi un hospital. Los escalones que llevaban hasta la entrada resultaban peligrosos, totalmente cubiertos de hielo, al igual que la impracticable rampa para sillas de ruedas que quedaba a mi izquierda. Subí con cuidado, plantando ambos pies en cada escalón antes de aventurarme al siguiente, consciente de lo fácil que sería perder el equilibrio, sintiéndome como un anciano, y preguntándome cómo la gente enferma de verdad se las arreglaba para subir por allí. La planta baja del edificio era un espacio amplio y lleno de ecos que parecía inacabado; los suelos eran poco más que superficies de cemento sin tratar, las paredes estaban revestidas de yeso desnudo. No había recepción ni mostrador de información, solo un gran tablón de anuncios con los departamentos organizados por plantas, los nombres de los médicos en largas tiras de plástico que se podían sacar y reemplazar. Llevaba conmigo el papel con el nombre del departamento que necesitaba, pero la mujer de la clínica lo había escrito en una rápida cursiva que no podía descifrar. Algunas palabras del tablón me resultaban familiares, oftalmología, ginecología, pero las transliteraciones eran extrañas, tuve que pronunciarlas en voz alta, y había varias que no entendí en absoluto. Mientras miraba a mi alrededor, confuso, vi a una mujer con bata blanca que bajaba por la amplia escalinata central, sosteniendo un vaso de plástico con café y claramente de camino a su descanso, aunque el día apenas acababa de empezar. Disculpe, dije, usando la fórmula más educada, *proshtavaite*, perdóneme, mientras le enseñaba mi papel, ¿puede ayudarme a encontrar esto? Ella lo tomó de mi mano, y luego levantó la vista solo un momento, del papel a mi cara, casi sin expresión. Señaló hacia un rincón alejado donde había un letrero en el que ponía DERMATO-LOGIYA I VENEROLOGIYA. Reconocí la primera palabra, pero la segunda me costó un momento; en inglés decimos «enfermedades venéreas», claro, pero nunca había oído hablar de un departamento de «venereología», y me pregunté si aquella palabra se usaría en Estados Unidos. Según su raíz latina debería haber significado el estudio del amor, y me pregunté también con qué frecuencia sería la palabra adecuada para la gente que iba allí, y si lo sería para la tesitura en que me encontraba.

Abrí la puerta y entré en un largo y desnudo pasillo de salas de consulta, flanqueadas a intervalos por bancos atornillados a las paredes. Vi con alivio que estaba casi vacío; una pareja anciana ocupaba un banco, un adolescente otro. Al final del pasillo había una puerta que llevaba afuera, y sobre la puerta de la última sala a la izquierda, un letrero de admisiones. La puerta estaba cerrada, pero cuando llamé con los nudillos una voz me dijo que pasara. Una mujer de mediana edad estaba sentada a una mesa con un periódico abierto delante, la mano derecha descansando junto a una taza de café, claramente inmersa en su rutina matinal. No levantó la vista cuando entré, sus ojos continuaron recorriendo la página, y solo se giró hacia mí cuando hablé, con un interés activado de repente, sospecho, por mi acento. Me devolvió el saludo y se quedó mirándome expectante, esperando a que le explicara por qué estaba allí. He dado positivo en el resultado de una prueba, dije, entregándole la nota que me habían dado en la otra clínica, vengo a que me hagan una segunda prueba para confirmarlo. Muy bien, dijo, levantándose lentamente de la mesa, como si odiara tener que dejar su café; ¿ha tenido algún síntoma?, me preguntó, ¿llagas?, usando la palabra *rani*, heridas, y cuando le dije que no, o al menos ninguna que hubiera notado, sabía que podían ser pequeñas e indoloras, me preguntó por qué me había hecho la prueba entonces, si tenía alguna razón para pensar que podría estar infectado. No me esperaba esa pregunta, e hice una pausa antes de contestar. Un amigo vino a verme, respondí al fin, me dijo que tenía la enfermedad, que debería hacerme la prueba. Enarcó ligeramente las cejas al oír aquello, y luego dijo O sea que ha tenido contacto con esa persona, usando esa palabra, que es igual en los dos idiomas, *kontakt*; y yo se la repetí, mirándola directamente a los ojos, Sí, he tenido contacto con él. Me negué a aceptar la vergüenza que parecía querer que sintiera, y ella lo entendió, creo, porque bajó la mirada mientras pasaba junto a mí en dirección a la puerta. *Dobre*, dijo, muy bien, sígame. Se ocupó de mí con presteza en una sala al otro lado del pasillo, frotándome con alcohol y sacándome sangre en silencio, y una vez más me sorprendió la ausencia de guantes. Luego me acompañó afuera, prometiéndome que habría alguien para atenderme cuando volviera a buscar mis resultados por la tarde.

No soportaba la idea de pasarme varias horas en aquel largo pasillo con sus bancos desnudos, todavía ocupados por los mismos pacientes, o aspirantes a pacientes, que no se habían movido y parecían resignados a una larga espera. Necesitaba caminar, por difícil que resultara hacerlo en la nieve, así que salí del edificio por la puerta situada junto a la oficina de admisiones y empecé a bajar por una larga rampa que llevaba a la calle. El aire ya no era tan frío, parecía que iba a hacer un bonito día, soleado y despejado como había habido pocos aquel invierno, y la nieve y el hielo ya habían empezado a reblandecerse, su superficie hundiéndose ligeramente bajo los pies, resbaladiza y húmeda. Pensé en Mitko y en sus botines nuevos, sus viejas zapatillas de lona ya se habrían empapado por completo. Mis botas de invierno me mantenían seco, aunque no iban muy bien para el hielo, y bajé lentamente la rampa y luego crucé la callecita que discurría a lo largo de todo el edificio en dirección al bulevar principal. Era un vecindario agradable, Gotse Delchev, próspero y más antiguo que Mladost, con más árboles y espacios verdes; incluso podría ser muy bonito cuando llegara la primavera, pensé. También había bloques de apartamentos, el modelo soviético de vida colectiva, pero no se veía la misma arbitrariedad y saturación que en Mladost, donde en el caos posterior a la caída del antiguo régimen se había hecho un uso indiscriminado del espacio y se habían construido, o dejado a medias, estructuras sin ton ni son, baratas y sin planificar. Aquí, en Gotse Delchev, había menos edificios nuevos, y todavía resultaba visible el plano original del barrio, sus formas geométricas. Las tiendas junto a las que pasaba no eran los locales de simples estanterías de Mladost, los pequeños mercados hechos a base de casetas prefabricadas; eran establecimientos urbanos, incluso elegantes, o al menos apuntaban a cierta idea de elegancia. Delante de algunas de ellas habían despejado senderos entre la nieve, algo insólito por aquí. A pesar del frío, y de que a aquella hora mucha gente estaba trabajando, me crucé con personas que iban de compras o paseaban al perro, y también con jóvenes, tal vez estudiantes universitarios, enfrascados en sus asuntos, de tal forma que las calles me parecieron vibrantes de vida, mucho más vibrantes que la mía. Pero en casi todas partes imaginaba un lugar más propicio para la vida que quería, como si la felicidad fuera una cuestión de calles o parques, y quizá lo es hasta cierto punto; y con R. lejos durante tanto tiempo ya me había acostumbrado a pensar que mi verdadera vida existía en algún lugar remoto o en un tiempo futuro, proyectándome hacia delante de una forma que temía que pudiera impedirme vivir plenamente allí donde estaba. R. ya debía de estar levantado, pensé, debía de estar yendo también a una clínica, con sus propios sentimientos de aprensión o vergüenza, con sus propios remordimientos.

Giré por el amplio y ajetreado bulevar que marcaba la frontera del barrio, aunque esto comportara ir de cara al viento, que arremetía impetuoso sin edificios ni árboles que le opusieran resistencia. Varias manzanas más allá pude ver algo que parecía un solar en construcción, aunque distinto de los muchos que había diseminados por toda Sofía, para erigir centros comerciales o apartamentos; un solitario pilar de cemento se elevaba sobre las vallas publicitarias que flanqueaban las calles, al principio no conseguí imaginar qué era. Cuando lo alcancé, vi que las vallas publicitarias, descoloridas y con los bordes desgastados, informaban sobre la construcción de una catedral, y que la fecha fijada para la finalización de las obras había pasado hacía años. En una de las vallas había un boceto del aspecto que tendría, junto con su nombre, SVETI PURVOMUCHENIK STEFAN, San Esteban Protomártir, pensé, identificando las raíces de «primero» y de «dolor», el sufijo que hace que una palabra designe a una persona. Impreso con letras más grandes que el nombre del santo estaba el de la empresa patrocinadora del proyecto, uno de los mayores bancos del país. El solar estaba rodeado por una valla cubierta de malla verde, desgarrada en algunos sitios. No había nadie trabajando ahora, y tampoco parecía que lo hubiera habido desde hacía mucho tiempo. El pilar era la única sección que habían empezado realmente a construir, aunque tal vez hubieran hecho también los cimientos del resto, no podía verlo por culpa de la nieve. También había un arco, pude distinguir ahora; salía del costado del pilar, y junto a él había unos escalones que subían hasta una pequeña plataforma. Así pues, aquello iba a ser la entrada, y el pilar debía de estar destinado al campanario, aunque las obras no habían llegado muy lejos; unas finas varillas de hierro apenas sobresalían desnudas unos palmos por encima del hormigón, una ambición, por lo que pude ver, completamente abandonada.

Crucé la calle, dos carriles a un lado de la mediana de cemento y dos al otro, el hielo más peligroso que el tráfico. La valla no estaba realmente destinada a impedir que entrara la gente, o al menos ya no; los postes metálicos estaban plantados en unos bloques de hormigón que podían moverse fácilmente, como ya había hecho alguien en una sección de alambrada suelta, abriendo un pasaje por el que me colé. El arco tenía cierta elegancia, a pesar de la pobreza de los materiales, y la obra entera recordaba a unas ruinas, o unas ruinas al revés, congeladas mientras se elevaban en su derrumbe. El suelo estaba cubierto de botellines de cerveza, garrafas de plástico barato que asomaban a través de la nieve; era imposible saber cuánto tiempo llevaban allí. Subí los pocos peldaños que conducían a la plataforma, que estaba resguardada de la nieve por el arco, y encontré más desperdicios, una profusión de colillas y bolsas de plástico y, aquí y allá, envoltorios desechados de condones, la franja superior doblada y rasgada, abiertos a toda prisa, pensé, con los dedos o los dientes. Así pues, no era un lugar completamente abandonado, y pensé en los adolescentes que debían de usarlo para escapar de unos apartamentos que a menudo albergaban hasta tres generaciones. Levanté la vista hacia el arco, y algo en mí reaccionó a la familiaridad de su forma, aunque llevo años sin pisar una iglesia, o sin pisarla más que como turista. Pensé en R., preguntándome si se habría hecho ya la prueba, si estaría esperando los resultados; odiaba el hecho de no estar con él, que no pudiera pedirle a nadie que lo acompañara en mi lugar, que estuviera allí por mi culpa. Me preocupaba que aquello pudiera hacer que se arrepintiera de haberme conocido; me pregunté si yo mismo pensaba que debería arrepentirse. Tal vez habían sido un error, mis años en este país, tal vez la enfermedad que había contraído fuera la confirmación. ¿Qué había hecho yo sino prolongar mi desarraigo, aquella serie de principios en falso que a medida que me hacía mayor costaban más de defender? Quizá había esperado sentirme nuevo en un país nuevo, pero aquí tampoco era nuevo, y si bien había cierto consuelo en la idea de que mi desazón habitual tenía una causa, de que había una buena razón para sentirme fuera de lugar, se trataba de un falso consuelo, una forma de huir del verdadero remedio. Pero lo cierto era que no creía que existiera un remedio, pensé mientras bajaba de la plataforma hacia la nieve, caminando de vuelta al bulevar, y cómo podría arrepentirme de las decisiones que me habían llevado, por el camino que fuera, hasta R., como tampoco podría arrepentirme de las que me habían llevado hasta Mitko y a aquellos momentos que refulgían en mi memoria, que sabía que atesoraría sin importar las consecuencias.

Encontré una cafetería, donde me refugié durante unas horas con un libro y café malo. Cuando regresé a la policlínica me recibió una mujer distinta, mucho más cálida que la primera, incluso amistosa mientras me contaba que ya tenían los resultados de las pruebas y que la doctora estaba disponible; llamó a la puerta de la consulta y se asomó brevemente al interior para anunciar mi presencia, y luego me dijo que tomara asiento en el banco que había al lado. Un minuto, dijo, ahora lo llamará, aunque tuve que esperar bastante más. Ahora el pasillo estaba vacío, solo había dos mujeres de la limpieza en la otra punta, charlando de pie junto a un carro y una fregona, totalmente ajenas a quién era o por qué estaba allí. Pronto se acabará todo, pensé, acordándome de lo que había dicho R.; hablaría con la doctora y me pondrían la inyección, y luego regresaría a aquella vida más limpia que él y yo habíamos construido juntos. Solo después del segundo o tercer grito procedente del interior de la consulta me di cuenta de que una voz, ya exasperada, me estaba llamando para que entrara. Me levanté rápidamente, desconcertado, más desconcertado aún cuando abrí la puerta y me encontré a una mujer fulminándome con la mirada desde detrás de una mesa. Al entrar se puso de pie, pero no me saludó ni me tendió la mano, limitándose a asentir cuando murmuré *Dobur den*. Era una mujer menuda, no demasiado joven, y me dejó perplejo su aspecto, que sugería una idea de belleza tan omnipresente aquí como objeto de burla, un estilo hipersexualizado asociado con una especie de riqueza sofisticada. Iba excesivamente maquillada, con abundante sombra de ojos y brillo de labios, y tenía el pelo cardado y peinado en una masa enorme e inmóvil. Llevaba la bata de médico muy ceñida, y por debajo asomaba una falda de un material vagamente brillante y unos zapatos de tacón altísimo. Hablaba búlgaro de un modo extraño, muy deprisa, de un modo que conseguía ser al mismo tiempo fragmentario e indisoluble, como si las palabras fueran una fruta crujiente que al primer mordisco resultara estar blanda. Tenemos los resultados de la segunda prueba, dijo, ya no hay duda de que tiene la enfermedad, que es algo muy grave, grave y peligroso, para usted y para cualquiera con quien haya tenido contacto sexual de algún tipo. Hablaba en un tono extrañamente formal, como si estuviera recitando un texto gubernamental, y tal vez fuera así, y me hizo preguntas que ya me habían formulado, si tenía alguna herida o llaga en los genitales, pero no solo ahí, también en la boca, debajo de la lengua. No he notado nada, le dije, nada fuera de lo normal, aunque llagas en la boca sí había tenido, eran bastante habituales en mí, las tenía de forma intermitente desde niño. Esto me hizo detenerme un momento, y la mujer ladeó ligeramente la cabeza. ¿Está seguro?, preguntó, un claro matiz de recelo en su tono. Había oído a amigos de la universidad, estudiantes de medicina, quejarse de que los pacientes siempre mienten, algo que comentaban con el mismo aire de conciencia profesional y exasperación que ahora vi en la mirada que me dirigió la doctora, y si aquello era cierto en general debía de serlo especialmente aquí, en esta consulta donde las revelaciones comportaban tanta humillación, donde proteger un secreto se parecía tanto a protegerse a uno mismo. Sí, dije, estoy seguro.

Me pareció que suspiraba, en señal de aceptación o frustración, no estoy seguro de cuál de las dos, y luego dijo algo que no entendí en absoluto, una orden brusca y seca. Vacilé un momento; a veces experimento una cierta demora al procesar las palabras y es como si volviera a oírlas de nuevo, o casi como si las viera desplegadas a lo largo de una página. Pero ahora no distinguí nada, ni una sola palabra, y antes de que pudiera pedírselo ella misma lo repitió en voz más alta, como hace uno a veces cuando habla con extranjeros, como si eso ayudara. Lo siento, dije, sintiéndome como un niño, no entiendo. La doctora cerró los ojos un instante, levemente más largo que un parpadeo, y luego tomó aire en lo que me pareció un intento de serenarse antes de decir algo que sí entendí, Bájese los pantalones, aunque volví a vacilar de nuevo, llevándome la mano a la hebilla del cinturón pero sin desabrochármela todavía. Esto fue, al parecer, demasiado para ella, el hecho de que no la obedeciera, e incapaz de refrenar su irritación dijo Venga, tengo que verte la polla, usando una palabra que aunque no era del todo vulgar tampoco era un término clínico. Aquello me chocó un poco, aunque no fue solo la palabra lo que constituyó una vulneración del decoro, también lo fue el pronombre que usó, el informal *ti*. Nunca antes había sentido realmente la fuerza de aquello; siempre me costaba saber cómo dirigirme a la gente, en los verbos ingleses no tenemos todos esos matices, o por lo menos ya no. Pero ahora sí sentí la diferencia que suponía aquello, fue como un cambio de temperatura, y erosionó todavía más la dignidad que quería preservar. Perdí del todo esa dignidad mientras me exponía ante ella, y luego levantaba mi pene para que lo examinara, estirándolo a la derecha y a la izquierda según me indicaba, revelando todas las superficies para que ella las viera. Por fin quedó satisfecha, haciéndome un gesto para que me cubriera, y se giró hacia una mesilla que tenía junto a su escritorio, donde había un voluminoso recipiente metálico y una bola grande de algodón. Arrancó un trozo de algodón y lo mojó rápidamente en el recipiente antes de darme la masa empapada, de olor antiséptico y desagradable. Para las manos, me dijo, y se volvió a girar despreciativamente hacia su mesa.

Taka, prosiguió una vez sentada, mientras yo continuaba arreglándome la ropa, así pues, el mejor tratamiento para esta enfermedad es una inyección de penicilina, pero como lamentablemente ahora no disponemos de penicilina, esa línea de tratamiento no va a ser posible. Un momento, dije, interrumpiéndola, y quizá con intención de reclamar algo, de plantear un desafío, ¿cómo es posible que no haya algo tan básico? Pero ella, sin inmutarse, levantó una mano para hacerme callar. El fabricante de ese fármaco está en Austria, dijo, y han dejado de distribuirlo en nuestro país; hace cuatro meses que es imposible encontrarlo en Bulgaria. ¿En ninguna parte?, pregunté, un poco incrédulo, y repetí ¿Cómo es posible? Pero ella se limitó a encogerse de hombros y siguió hablando. Puede comprobarlo usted mismo si quiere, claro, pero le aseguro que nadie ha podido disponer de ese fármaco en Bulgaria desde hace meses, y tampoco nadie podrá decirle cuándo volveremos a tenerlo. Creo que está disponible en Grecia, dijo, puedo extenderle una receta si quiere ir allí para recibir el tratamiento. ¿Cómo voy a irme allí?, dije. Tengo un trabajo aquí, no puedo ir a Grecia. *Kakto i da e*, dijo, en cualquier caso, y procedió a proponerme una alternativa. El segundo mejor tratamiento es una serie de pastillas, dijo; no es la mejor opción, pero en la mayoría de los casos funciona. Cogió un talonario de recetas que tenía al borde de la mesa. Tome estas pastillas durante dos semanas, dijo, y dentro de tres meses le repetiremos la prueba, para ver si el tratamiento ha funcionado. Había leído en internet todo lo que había podido encontrar sobre el tratamiento, y sabía que dos semanas de pastillas no siempre eran suficientes, sobre todo si se trataba de una infección ya avanzada, en cuyo caso era más probable que hicieran falta cuatro semanas. En caso de duda, aventuré, ¿no debería tomar las pastillas más tiempo?, pero levantó la mano antes de que terminara de hablar, y se puso a recitar un texto que esta vez no me cupo duda de que era un guión oficial. Cuando hago estas recomendaciones, dijo, estoy siguiendo las directrices del Ministerio de Sanidad y Prevención, *zdraveopazvaneto*, no estoy seguro de cuál es la mejor traducción; si desea seguir otro tratamiento, no puedo asumir la responsabilidad de las posibles consecuencias. Dijo otra vez *Vie*, había regresado al tratamiento formal, y sentí aquello como una nueva humillación, aunque no sabría decir por qué. Y si yo asumo la responsabilidad de esas consecuencias, dije, mientras empezaba a escribir en su talonario, ¿me extendería la receta para cuatro semanas? Continuó escribiendo, y en el mismo tono de oficiosa formalidad empezó a decirme otra vez que solo podía seguir las regulaciones del Ministerio, pero entonces hizo una pausa y levantó la vista. En general, dijo, no hay problema en usar la misma receta dos veces. Esto era cierto, tal como descubriría; la receta no llevaba fecha, y esa misma tarde, cuando el farmacéutico me la devolvió junto con mis pastillas, no había ninguna marca en ella que indicara que ya la había utilizado, podía usarla tantas veces como quisiera. La doctora terminó de escribir y me tendió el papel para que lo cogiera sin moverse de su silla, de modo que tuve que inclinarme y alargar el brazo por encima de la amplia mesa. Y eso es todo, dijo, despidiéndome, tendrá que volver dentro de tres meses para repetir la prueba.

Me giré hacia la puerta, desesperado por marcharme, exhausto por mi encuentro con aquella mujer, que se había mostrado *uzhasna*, pensé, espantosa, lo pensé medio en búlgaro medio en mi idioma, al que regresé como quien pisa un terreno más firme. Una cosa más, oí que decía la mujer detrás de mí, deteniéndome, haciendo chirriar la silla al levantarse. Me di la vuelta para verla caminar hasta otra mesita auxiliar, donde había un grueso libro de registro abierto. Era como el que usamos en nuestra escuela para hacer el seguimiento de las clases diarias, firmando por cada hora de clase impartida. Debido a su peligrosidad, dijo la mujer, el Ministerio exige que informemos de todos los casos de esta enfermedad. Me asaltó una súbita preocupación, preguntándome si aquello complicaría mi estancia en el país, el visado que debía renovar anualmente; pero también pensé que sería una forma de no tener que elegir, si me obligaban a marcharme sería casi un alivio. Luego eché un vistazo a la página del libro, donde vi que en una rápida caligrafía cirílica, no del todo cursiva, había escrito mal mi nombre, anotando el de pila y el segundo nombre pero no el apellido; no va a haber ninguna consecuencia, pensé, no tendrán forma de encontrarme. En una casilla grande junto al nombre incorrecto había pegada una tira de papel con una declaración mecanografiada, una especie de compromiso de que no donaría sangre hasta que las pruebas demostraran que ya no era peligroso. La mujer puso el dedo, con su larga uña pintada, sobre la línea en blanco que había debajo, diciendo que tenía que firmar antes de marcharme. Lo hice, escribiendo mis iniciales con una pequeña floritura, completamente ilegibles. En cuanto terminé cerró el libro, usando las dos manos para mantener las largas páginas en su sitio mientras bajaba la cubierta. Ya puedo irme, dije en un tono medio interrogativo, y ella asintió, aunque nada más poner la mano en el pomo volví a oír su voz. Dígame, dijo, ¿tenía esa enfermedad cuando vino aquí, la trajo con usted? Me detuve con la mano en la puerta, y luego, sin girarme, repliqué Por supuesto que no, es algo que he pillado aquí. Y mientras abría la puerta, con un resentimiento que no había planeado, añadí Un recuerdo de su hermoso país.

Cerré la puerta tras de mí y volví a sentarme en el banco. Me moría de ganas de marcharme pero todavía no había pagado, y antes de poder hablar con alguien necesitaba un momento para mí mismo. Así que me quedé allí sentado, mirando al vacío, al suelo, decidido a no ver nada durante un rato; me quedé sentado con la cabeza apoyada en las manos, y luego con las manos sobre los ojos, la base de cada palma encajada en las cuencas. Era una postura de angustia, supongo, aunque lo que sentía no era exactamente angustia. No entendía el resentimiento con el que había hablado, un resentimiento dirigido no solo a aquella mujer sino al lugar, al país que había elegido; no había sido consciente de sentirlo, y me pregunté cuán profundo era. Había otra cosa que me inquietaba, también, y después de permanecer un rato allí sentado me di cuenta de que lo que me había dicho la doctora contradecía la historia de Mitko. La última vez que lo había visto me había dicho que necesitaba dinero para las inyecciones, que las pastillas no habían funcionado, pero aquello tenía que ser mentira; no había inyecciones, el único tratamiento que podía conseguir eran las pastillas. Por un momento me sentí como suspendido en el aire, sin saber muy bien qué sentía. No sabía por qué estaba tan sorprendido, sabía que Mitko no era de fiar, que haría o diría prácticamente cualquier cosa para conseguir dinero; y era algo que no podía recriminarle, porque era lo que en un principio me había dado acceso a él. Pero aun así estaba enfadado, sentía que me había tomado el pelo. Tal vez me había imaginado que aquellas cosas formaban parte del pasado, que la enfermedad que compartíamos establecía una especie de solidaridad entre nosotros, un terreno común. Y además había sido generoso, le había ayudado sin recibir nada a cambio. Pero eso no era cierto, pensé de pronto, sí que había obtenido algo a cambio, Mitko se había asegurado de ello cuando me siguió a los lavabos para hacerme ver cuánto le deseaba. No me había permitido ser generoso, aquella había sido la intención de su acto. Yo había querido dar sin recibir, pero aquello debió de resultar humillante para él, no tener nada con lo que comerciar, y ahora me pregunté si me había gustado aquella humillación, si no sería ese el placer que encontraba en mi generosidad, humillarlo dándole lo que necesitaba al tiempo que afirmaba no necesitar nada a cambio. R. había tenido razón, aquello no se acabaría nunca, no solo el que Mitko se aprovechara de mí sino también mis falsas motivaciones; nunca podría existir ningún terreno común entre nosotros, nunca encontraríamos la forma de comportarnos de manera decente el uno con el otro. Sabía que tenía que poner punto final a aquello, que tenía que renunciar al placer de Mitko, no solo a aquel más obvio sino al placer de ser generoso, de lo que había tomado por generosidad y ahora temía que fuera otra cosa.

Oí que alguien caminaba hacia mí y me aparté las manos de los ojos, que se vieron deslumbrados por la luz repentina. Era la mujer de admisiones, plantada junto al banco y mirándome con preocupación, y me sentí avergonzado, comprendiendo que había dado todo un espectáculo silencioso. *Vsichko nared li e*, me preguntó, ¿va todo bien?, o más bien, ¿está todo en orden?, dado que *red* es la palabra para hilera o secuencia; ¿está todo en su sitio? es lo que significa realmente, y pensé para mí mismo que cuándo lo estaba. Pero por supuesto dije que sí, esa sílaba tan corta, pronunciándola dos veces en rápida sucesión, *da da*, como diciendo vaya una pregunta, cómo podría ser de otra manera, y ella asintió al oírlo como si se lo creyera, y luego se sentó a mi lado en el banco. Me sorprendió aquella repentina proximidad, y di un pequeño respingo, como si aquella mujer quisiera hacerme daño. No era joven, pero tenía un aire de vitalidad que me hizo pensar en la expresión búlgara *zryala vuzrast*, edad madura, que ellos usan para referirse al período anterior a cuando uno es mayor de verdad. Era robusta, pero llevaba su peso como un signo de salud, su corpulencia suavizada por el bienestar. Se me ocurrió que era la primera persona a la que había visto en esas instituciones que no parecía agotada o exasperada; es un talento que tiene alguna gente, el de sentirse a gusto, o al menos parecerlo, sé que esas impresiones pueden ser equivocadas. *Ne se pritesnyavai*, me dijo la mujer, no te preocupes, *ne e fatalno*, no es tan grave, harás el tratamiento y te pondrás bien, pronto habrá pasado todo. Estaba siendo amable, simplemente amable, y la miré un momento antes de decir gracias y luego, no pareciéndome adecuado a lo que sentía, lo repetí. ¿Y tu amigo?, continuó, y noté que ya no se dirigía a mí en tono formal; antes yo había sido *Vie* y *gospodinut*, el caballero, pero ahora me había situado en un terreno distinto. Y aquello también formaba parte de su amabilidad, de tal manera que sentí la otra vertiente de ese matiz que mi idioma no tiene, el hecho de que aunque pierdas en dignidad también puedes ganar en calidez, algo que en aquel momento aprecié enormemente. Tu amigo, ¿cómo está?, me preguntó, ¿ha ido a ver a alguien, está recibiendo tratamiento? Sí, dije, aunque me di cuenta de que no estaba seguro de que fuera cierto, no sabía adónde había ido a parar el dinero que le había dado. Ella asintió, Es importante que lo reciba, dijo, asegúrate de que lo termine, de otro modo no se curará. De acuerdo, dije, lo haré, y entonces apoyó las palmas en los muslos y se puso de pie. Muy bien, dijo, vamos a la oficina para que puedas pagar y marcharte.

Me sentí reconfortado por su amabilidad mientras regresaba a Mladost, el autobús casi vacío, aún faltaban horas para la hora punta vespertina. Durante el largo trayecto pensé en Mitko, sintiéndome seguro de haber tomado la decisión correcta, y sintiendo también que iba a costar mantenerla. Cuando aquella noche hablé con R., me contó que se había hecho la prueba por la mañana y le habían puesto la inyección por la tarde; y me alegré de que ya pareciera haber pasado página mientras se vestía para salir a cenar con unos amigos. Yo también me encontraba mejor. Ya había cenado y estaba sentado leyendo en la sala de estar, relajándome un poco antes de acostarme; había sido una larga jornada, me iría a dormir temprano. No tenía ningún deseo de ver a Mitko, y cuando oí el brusco balido del timbre me sentí tentado de ignorarlo. Pero él podía ver mi luz desde la calle, sabía que estaba en casa, y en cualquier caso sería mejor acabar con aquello de una vez, pensé, mientras todavía me sentía seguro de lo que tenía que decir. No pulsé el botón para abrir la puerta ni tampoco hablé con él, pero encendí las luces del corredor, aquella señal sería suficiente. Me tomé mi tiempo para ponerme las botas y el abrigo, me enrollé una bufanda en torno al cuello; ahora que se había puesto el sol volvía a hacer frío, pero al abrigarme también sentí que me estaba protegiendo de otra cosa, una especie de clima interior del que tenía que defenderme.

Mitko me estaba esperando abajo, las manos embutidas en los bolsillos, los hombros encorvados contra el frío. Tal vez fuera el frío lo que hizo que se mostrara menos amistoso; no me dio la mano ni me sonrió, apenas me saludó. Creía que ya no venías, dijo en tono arisco, sin nada de su encanto habitual, ¿por qué has tardado tanto? Estoy con unos amigos, dije, estamos cenando, sintiendo de algún modo que mentir confirmaba mi determinación, la prueba de una falsedad que era irremediable entre nosotros. Mitko se encogió de hombros y dijo Pero ¿podemos ir a algún sitio? No me encuentro bien, hace mucho frío. No, dije, aunque me costó decirlo, lo siento, no tengo mucho tiempo, debo volver con mis amigos. No contestó, quizá ya se lo había esperado, o quizá la excusa era tan obviamente falsa que ni siquiera merecía respuesta. Necesito ir a casa, me dijo, quiero estar en Varna, aquí no tengo donde dormir, no tengo dinero. Lo dijo sin mirarme, con la vista clavada en el suelo, o a un lado, como si le diera vergüenza, y mientras hablaba cambiaba el peso hacia delante y hacia atrás, raspando la nieve con los zapatos. ¿Puedes ayudarme?, dijo, todavía sin mirarme, necesito cuarenta leva para el autobús, solo eso, cuarenta leva, *samo*, por favor. Ahora se mostraba menos arisco que suplicante, y vacilé antes de contestar. Fuera lo que fuese lo que iba a hacer con el dinero, podía ver que estaba muy necesitado; estaba hecho polvo y muerto de frío, seguro que tenía hambre, y qué era eso para mí, cuarenta leva, ahora creo que debería haberle dado lo que me pedía. Pero no se lo di, dije No, Mitko, ya no voy a darte más dinero, *krai*, dije, fin. *Zashto*, preguntó, alzando la vista de golpe, ¿por qué?, y lo repitió, *Zashto?* Sé que no te has puesto las inyecciones, dije, hoy me han dicho en la clínica que no se pueden conseguir en Bulgaria, y añadí que me habían dicho lo mismo en Tokuda, cuando había llamado al hospital internacional para que me lo confirmaran. Eso no es verdad, dijo, levantando la voz indignado, sí me han puesto la inyección, te voy a llevar a mi clínica, dijo, allí te lo dirán, pero lo atajé, diciéndole que no quería ir a ninguna parte con él. No soy ningún mentiroso, dijo Mitko, ahora plantado allí, sin moverse, no me llames mentiroso, nunca te he mentido. Me dio la impresión de que estaba reuniendo fuerzas, intentando poner aquella cara que le había visto en Varna tantos meses atrás; pero era como si no lo consiguiera, como si ya estuviera fuera de su alcance, y con una tristeza que no podría explicar observé cómo se desvanecía antes de formarse. Venga, dijo, *are be*, dame el dinero y me iré, no volveré a molestarte más. Pero negué con la cabeza. No, dije en tono suave, se acabó. Le toqué el hombro, sin saber muy bien qué quería decir con aquel gesto, y luego le di la espalda y entré en el portal, donde la repentina calidez hizo que me estremeciera casi con violencia.

A pesar de todo lo que no consigo entender, viviendo aquí
—las expresiones o gestos captados solo a medias, el presunto significado que no consigo compartir—, aquí como en ninguna otra parte tengo a veces la sensación de que el mundo se autoorganiza para ser consumido, de un significado que se ofrece como carne ya cortada, la extrañeza de que algo de pronto cobre sentido. Hace poco, por ejemplo, después de que acabara toda la historia con Mitko, me encontraba en un tren de la costa de regreso a Sofía. Temía aquel viaje como me ocurre con todos los viajes largos, con su aburrimiento y su confinamiento, especialmente en el calor de finales de verano. Y me sentía aún más aprensivo porque estaba viajando con mi madre, su visita un intento de acercamiento después de tres años de distanciamiento casi total. No es que hubiéramos interrumpido realmente nuestra relación, pero ella formaba parte de aquel pasado mío que había querido borrar de alguna forma, un pasado sin el cual me había sentido más libre, y me inquietaba la idea de que viniera aquí, trayendo consigo gran parte de aquello de lo que había huido. Además estaba la carga añadida de ejercer de anfitrión, más pesada aún porque era el primer viaje de mi madre a Europa, la primera vez que viajaba en su vida, con lo cual sentía una mezcla de entusiasmo y ansiedad que yo debía satisfacer y apaciguar. Había planeado quedarse diez días en Bulgaria, y la mayor parte los pasamos fuera de Sofía;

quería que viera las zonas más bonitas del país, y ahora estábamos volviendo de Burgas, una ciudad costera que llevaba tiempo queriendo visitar. Nos había encantado a los dos, y mientras nos mezclábamos entre la multitud que paseaba por sus largos embarcaderos y sus playas rocosas, percibí en aquellas veladas embriagadas de verano una vitalidad vibrante que nunca había sentido en Sofía. No habíamos tenido ninguna de las escenas dramáticas que había previsto, aunque los dos estábamos extenuados, pensé, por el cuidado que nos tomábamos en evitarlas. Pero el viaje no había sido un fracaso; no me había mostrado, tal como había temido, cruel con ella, pese a que durante mucho tiempo la crueldad había sido mi manera de protegerme de lo que sentía como una ávida posesividad por su parte, un deseo de inmiscuirse en mi vida que vulneraba mi necesaria intimidad. Después de nuestros tres años de separación, había tenido mucho cuidado en no imponerse, y mantenía un tono ligero que no excluía los momentos de cercanía. Hablaba del pasado como nunca lo había hecho, contando historias de mi padre, de su juventud y de su vida juntos, y por primera vez me habló de él sin rencor, reconociendo una felicidad que había sido breve y que nunca habían recuperado. Estaba ansioso por escuchar aquellas historias, aunque también me mostraba precavido; sabía que podían llevarme de vuelta a lo que había dejado atrás, que contenían simas en las que podría perderme.

A su llegada, me había impresionado mucho el rostro ajado y demacrado de mi madre, su figura flaca y de aparente fragilidad. Ahora era incuestionablemente vieja, a diferencia de antes, algo que constaté con una punzada en el pecho cuando la vi cruzar las puertas de cristal de la nueva terminal del aeropuerto, una punzada que volví a sentir cuando nos acomodamos en nuestros asientos del tren y colocamos las bolsas en el espacio vacío que quedaba entre nosotros. Había comprado billetes para un compartimento de primera clase, y de camino a él pasamos por seis o siete vagones, cómodos y europeos y provistos de un agresivo aire acondicionado, solo para descubrir que el nuestro era el único vagón sin modernizar, una herrumbrosa reliquia del socialismo. Su supuesto estatus de primera clase residía en el hecho de estar dividido en cuatro compartimentos para ocho personas, cada uno de ellos con una puerta de cristal que podía cerrarse, aunque ahora, en el aire caluroso e inmóvil, estaban todas abiertas. Aquello me mortificó, lo sentí como un fallo mío, aunque intenté quitarle importancia riéndome; esto solo pasa en Bulgaria, dije, y le comenté a mi madre que ahora iba a tener una auténtica experiencia balcánica. Mi madre siguió mi ejemplo, negando toda incomodidad mientras colocaba sus cosas, aunque se notaba que estaba claramente incómoda, sobre todo por su forma de mirar a los otros pasajeros que compartían aquel pequeño espacio. Mi madre siempre había recelado de los desconocidos, formaba parte de la timidez o el miedo que a veces parecían dominar su vida y que yo temía haber heredado, aprendiendo de ella una vacilación, una especie de suspicacia o desconfianza hacia mis propias fuerzas que siempre me había impedido, que quizá seguía impidiéndome, averiguar hasta dónde podrían llegar. Todo lo extranjero la alarmaba, como podía ver en su forma de agarrar el bolso, incluso mientras se deleitaba en la novedad de lo que veía. Ahora también estaba intranquila, aunque cualquier señal de ello quedaba refrenada por las buenas maneras, un imperativo casi tan fuerte como su miedo. Me alivió ver que nuestro compartimento no iba lleno; mi madre y yo pudimos ocupar un lado entero para nosotros, mientras que los otros tres pasajeros se habían sentado de modo que mirasen hacia delante cuando el tren empezara a moverse. De aquellos tres pasajeros, uno viajaba solo, un hombre de treinta y tantos años, barbudo y con sobrepeso, un grueso libro de bolsillo abierto sobre el regazo. En el otro extremo del asiento, junto a la ventanilla, estaba sentada una mujer mayor, muy corpulenta y envuelta en varias capas de ropa a pesar del calor, y despatarrado sobre ella, medio encima de su regazo y medio en el asiento contiguo, en apariencia dormido, había un niño de unos seis o siete años. Tenía la cara vuelta hacia el sol, aunque la mujer sostenía una mano por encima de él para hacerle sombra sobre los ojos. Mi madre se quedó inmediatamente encandilada por el niño, que tenía la misma edad que el hijo de mi hermano, pero a mí se me cayó el alma a los pies al pensar en las horas de jaleo que nos esperaban. Le deseé un largo sueño mientras cogía mi libro, no recuerdo ahora cuál era, algo en inglés, y mi madre sacaba de su bolsa el montón de revistas que siempre llevaba encima. Nos pusimos a leer, mi madre, yo y el hombre con su libro, que de vez en cuando le hacía reír en voz alta. Cuando el calor se le hacía insoportable, mi madre dejaba a un lado su revista o la cerraba y la usaba para abanicarse, mirándome con los ojos muy abiertos y articulando en silencio Qué calor, el peculiar arrastrar sureño de las vocales claramente perceptible incluso en su pantomima. Ante eso solo podía encogerme de hombros, incapaz de mejorar la situación más allá de mantener la ventanilla y la puerta abiertas, lo cual producía a veces cierta corriente de aire, aunque el tren se movía demasiado despacio y se paraba con demasiada frecuencia para crear una auténtica brisa. Dejaba a menudo mi libro a un lado para contemplar el paisaje cambiante, los pueblos y aldeas por los que pasábamos, casi todos destartalados, cabañas y casitas medio desmoronadas. Los inmensos campos eran parduzcos y estaban agostados por la sequía, aunque todavía se veían trabajando en ellos figuras encorvadas con fardos a la espalda, o algún que otro tractor levantando polvareda. Mientras atravesábamos aquellos lugares, resultaba fácil imaginarse que estábamos en otra época, los edificios y espacios naturales apenas tocados por la era moderna, salvo por el hecho de que muchas de aquellas casas junto a las que pasábamos, incluso las más decrépitas, estaban festoneadas con las mismas antenas parabólicas que conocía de mi barrio en Sofía, algunas pequeñas y modernas, otras enormes y provistas de trípodes, descoloridas por el tiempo.

Al cabo de una hora o así el sueño del niño empezó a agitarse; se dio la vuelta y pataleó un poco, luego se levantó pesadamente del regazo de la mujer y se sentó parpadeando mientras ella se despertaba también. El niño miró el compartimento a su alrededor, a la vez tímido y descarado, sus ojos encontrándose brevemente con los míos antes de apartarse con rapidez. Vuelve a echarte, oí que le decía la mujer, rodeándolo con el brazo para acercárselo de nuevo, pero no estaba cansado, dijo, y se resistió empujándola con los dos brazos. Tenía hambre, y la mujer se puso a hurgar en una de las grandes bolsas que había colocado a sus pies y sacó un bocadillo envuelto en celofán, que retiró antes de dárselo. El niño lo cogió y se bajó del asiento, plantándose ante la ventana para ver pasar el paisaje. Seguía medio adormilado, los ojos vidriosos, masticando lenta, mecánicamente, como forzándose a despertar. Yo lo miraba más a él que a mi libro, y también a mi madre, que observaba al niño y sonreía, una sonrisa que se hacía más amplia cada vez que el crío miraba en su dirección; pero seguía cohibido por ella, no terminaba de devolverle la sonrisa. A medida que comía se espabiló un poco, y le cogió a su abuela una botella de *airan*, yogur mezclado con agua, una bebida muy popular aquí. Conforme se despertaba empezó a comer con ganas, dando bocados más grandes y echando la cabeza hacia atrás para beber, levantando la botella vacía boca abajo en el aire para atrapar las últimas gotas con la lengua. Su abuela recogió los desperdicios, tras lo cual él tendió una mano ante ella, la palma hacia arriba, y la mujer le dio un pequeño trozo de chocolate envuelto en papel de aluminio. Se lo comió deprisa, sin mostrar placer alguno, y luego, cuando la abuela tendió la mano para recoger el papel de aluminio arrugado, el niño dio un salto y lo tiró por la ventanilla. Ella le riñó diciéndole algo que no pude entender, tal vez solo fuera su nombre, pero él se dio la vuelta con una amplia sonrisa, mirándonos a cada uno de los presentes, como sorprendido y encantado a la vez de su propia audacia. Intenté mirarlo con expresión severa, para mostrar cierta solidaridad adulta con su abuela, pero mi intención cedió ante su sonrisa, que era increíblemente radiante, segura de sí misma y segura, también, de que nada podía resistírsele mucho tiempo.

Era un niño muy guapo, delgado y de brazos y piernas largos, la piel bronceada por las vacaciones en la playa. Estaba acostumbrado a que lo adoraran, pensé con cierto resquemor, pese a que yo también había respondido a su encanto. Todos caímos rendidos; mi madre había sucumbido al instante, y hasta el hombre sentado enfrente de nosotros sonrió por encima de su libro. Su abuela tiró de él para hacerlo volver a su asiento, todavía riñéndole, diciéndole que se durmiera, que tenían un largo viaje por delante, y como él se negaba, le dijo que al menos se sentara, estaba cansada, quería descansar un poco más. Pero el niño no aguantó mucho tiempo sentado; enseguida estuvo listo para buscar nuevas distracciones. La ventanilla que tenía al lado estaba formada por dos largos paneles, de los cuales el de arriba se podía bajar, aunque el pestillo o pasador que lo sujetaba estaba roto y habíamos encajado trocitos de papel en las esquinas para mantenerlo abierto. El niño estiró los brazos, enganchó los dedos en el borde superior y se impulsó para ponerse de pie sobre el banco, de modo que su cabeza quedaba por encima del panel bajado; contempló los campos por los que pasábamos, su visión sin el obstáculo de la opacidad del vidrio. El tren había ganado velocidad y el viento le alborotaba el pelo. Se puso a hacer un juego, girando rápida y repetidamente la cabeza de derecha a izquierda, enfocando la vista en un objeto y siguiéndolo al pasar; era algo que yo también había hecho, mirar por la ventanilla en los trayectos largos en coche. Pobre niño, pensé, sin nada que hacer, ni juguetes ni libros, aunque quizá fuera demasiado pequeño para leer libros, y con todas aquellas horas por delante que llenar. Se apartó de la ventanilla, girándose de cara a la pared de enfrente, y levantó los brazos hacia la rejilla metálica donde habíamos colocado nuestro equipaje. Luego, agarrándose del borde de la rejilla con las dos manos, se izó mientras lanzaba la pierna derecha hacia la ventanilla en busca de apoyo. Esto despertó a su abuela, que agarró la pierna que tenía más cerca y tiró de ella, diciendo *Dolu*, abajo, repitiéndolo cuando el niño se dejó caer pero se quedó de pie sobre el asiento. Siéntate, dijo, estás molestando a estos señores, quieren leer, y era verdad que habíamos dejado de leer y nos habíamos girado todos para mirarlos; pero a mí no me molestaba, el niño era más interesante que mi libro.

Me aburro, dijo él, *skuka mi e*, el viaje es muy largo, quiero hacer algo. La abuela suspiró. No es tan largo, dijo, otros niños se quedan sentados y se portan bien. Yo no voy a sentarme nunca, gritó el niño, cuadrando los hombros, y repitió la palabra nunca, *nikoga*, separando cada sílaba, arro-

jándolas como pequeños puñetazos al aire. Me reí, no pude
evitarlo, y el hombre que tenía enfrente también se rio;
hasta la abuela sonrió, era demasiado encantador para resistirse. El niño pareció sorprendido de nuestras risas, como si
se hubiera olvidado de nuestra presencia, y luego nos miró
a todos uno a uno luciendo su enorme sonrisa, emociona-
do por la impresión que había causado. Solo mi madre se
había quedado al margen, y se apresuró a agarrarme del
brazo para preguntarme qué había dicho, deseosa de saber-
lo antes de que pasara el momento. Y entonces también
sonrió, mirando primero al niño y después a su abuela,
posando las manos en el regazo y reclinándose contra el
respaldo de aquella manera suya tan peculiar, como dando
a entender que no había palabras. Qué niño tan adorable,
dijo después, mirando a la abuela, que le devolvió la sonrisa pero meneó la cabeza, diciendo que lo sentía, no hablaba
inglés. Traduje lo que había dicho mi madre y la mujer se
me quedó mirando, un poco sorprendida. Habla usted búlgaro, dijo, casi en tono interrogativo, y luego, después de
que yo moviera la cabeza de lado a lado, añadió Bueno,
puede que sea adorable pero se porta mal. Aun así estaba
encantada, y miró a mi madre mientras yo le traducía la
respuesta, sonriendo y asintiendo levemente con la cabeza.
Se había establecido una especie de camaradería entre
nosotros, una calidez que nos convertía en algo más que
simples desconocidos, y el niño también lo notó, pensé,
comprendiendo que su reino se había expandido desde su
pequeño asiento hasta abarcar ahora el compartimento entero. En varios momentos del trayecto, el hombre de enfrente había interrumpido su lectura para coger una cámara de
la mochila que tenía al lado y había salido al pasillo para
tomar fotos a través de sus grandes ventanales. El niño había observado esto con interés, y ahora, cuando el hombre

volvió a sacar su cámara, se plantó delante de él, ladeando un poco la cabeza. ¿Quieres ver cómo funciona?, le preguntó el hombre, inclinando la cámara para que pudiera ver la pantalla digital rodeada de botones y palanquitas, y el niño asintió con la cabeza, todavía un poco tímido, y luego se subió de un salto al asiento de al lado. No le molestes, dijo la abuela, pero el hombre negó con la cabeza y dijo que no pasaba nada, no le importaba, y durante unos minutos el hombre y él estuvieron examinando la cámara, mirando todas las fotos, tras lo cual, con la bendición de la abuela, salieron juntos al pasillo, donde los ventanales ofrecían vistas más amplias.

Es el hijo de mi hija, nos dijo la mujer, me lo he llevado una semana a la playa, no ha hecho más que correr y jugar, pensé que se dormiría en el tren, normalmente lo hace. Meneé la cabeza en señal de comprensión, diciendo que era un viaje largo, muy cansado para un niño, y que de verdad se estaba portando muy bien. ¿Es su madre?, me preguntó entonces la mujer, y respondí que sí, comentando también que era la primera vez que visitaba Bulgaria, la primera vez que salía de Estados Unidos. La primera vez que viene a Europa y la trae usted a Bulgaria, dijo la mujer, oh, debe de pensar que es un sitio horrible. Hice una pausa para traducírselo a mi madre, que ahogó una exclamación y se inclinó hacia delante, Oh, no, dijo, es un país precioso, estoy disfrutando mucho. Puede que el mar sea bonito, concedió la mujer, pero Sofía… e interrumpió la frase, arrugando la nariz. Pero es su madre, me dijo la mujer, será feliz en cualquier parte siempre que esté con usted. Cuando oyó aquello, mi madre me puso una mano sobre el brazo y dijo que eso era verdad, absolutamente verdad, y sentí que algo se me removía dentro, ese movimiento inconsciente de algo apretado con demasiada fuerza, y tuve que resistir el deseo de apartar el brazo. Pero ¿usted vive en Bulgaria?, me preguntó la mujer, ¿a qué se dedica aquí?, y la cara se le iluminó de interés cuando le dije que era profesor, cuando nombré la famosa escuela donde trabajaba. *Bravo*, dijo, es la mejor escuela que hay, y luego nos contó que su nieto había empezado a aprender inglés ese año, que ya se sabía algunas canciones y los números. Era un niño listo, dijo, cuando no se portaba mal. Esto último iba dirigido a su nieto, que acababa de volver a entrar, él y el hombre, el niño encantado con la cámara. Se la acercó a la cara (el hombre también la sostenía con la mano) y nos enfocó a cada uno, girando la lente primero a un lado y después al otro, haciéndonos ahora más grandes, ahora más pequeños. Este hombre es profesor, le dijo la mujer al niño, enseña inglés, y lo animó a que practicara inglés conmigo, a que me mostrara lo que había aprendido; pero al niño le dio vergüenza, todavía sonriendo pero moviendo la cabeza de arriba abajo, un decidido no. Venga, le dije en búlgaro, solo un poquito, ¿qué palabras conoces?, pero él siguió negándose, repentinamente tímido; se volvió a subir a su asiento y apoyó la cabeza en el brazo de su abuela. Le da vergüenza, dijo la mujer, pero la verdad es que sabe mucho. Nos habló del profesor que había tenido ese año en la escuela, un profesor joven, nuevo y lleno de energía, que jugaba con los niños haciendo que aprendieran sin darse cuenta. Hasta habían hecho una función de fin de curso, dijo, fue maravillosa, los alumnos habían aprendido mucho. Entonces el niño volvió a incorporarse, olvidada de repente toda timidez; Quiero decir una palabra en inglés, dijo. Se deslizó hasta el borde de su asiento, las punteras de sus zapatos rozando el suelo, y nos miró uno por uno a todos, como para asegurarse de que estábamos atentos. Entonces lanzó ambas manos al aire y gritó ¡Kung Fu!, dejándose caer contra el respaldo del asiento mientras pronunciaba la segunda sílaba, convirtiéndola en un aullido. La mujer chasqueó la lengua, Conoces palabras mejores que esa, le dijo, pero los demás ya estábamos riendo otra vez y el niño volvía a estar contento.

Luego la mujer sacó más comida para él, y el resto regresamos a nuestra lectura, aunque yo apenas podía leer, estaba observando al niño con una fascinación que no entendía. Había algo electrizante en él, allí sentado masticando el bocadillo, mirando por la ventanilla, un atractivo más allá de la mera belleza. Permaneció quieto durante un rato, apaciguado por la comida y por el calor, que había aumentado a medida que avanzaba la tarde, pero pronto volvió a alterarse, subiéndose primero al banco, luego al estrecho reposabrazos, agarrándose con las dos manos a una de las barras metálicas del portaequipajes. Bájate de ahí, le dijo en tono seco su abuela, ya te lo he dicho, y él bajó las manos, no en señal de rendición sino para tenerlas libres a fin de negociar. Pero no sabes lo que voy a hacer, protestó, su voz impregnada por la injusticia de la situación, ni siquiera lo he intentado aún. Espera, déjame que lo intente, entonces ves si está mal, e hizo un gesto curioso con las manos, curvando ligeramente los dedos y alzándolas con las palmas hacia arriba ante él, un gesto de súplica, y de repente y con un ímpetu casi físico entendí el origen de mi fascinación por el niño, la razón de que hubiera sido incapaz de apartar la vista de él. Era uno de los gestos de Mitko, me di cuenta, todos los gestos del niño se los había visto hacer a Mitko; el niño mismo, sus largas extremidades, su delgadez, el peculiar tono de su piel, podría haber sido una copia en pequeño del hombre, de modo que tenía la sensación de estar viendo a Mitko de niño, antes de convertirse en lo que era ahora. Dónde lo habrían aprendido, me pregunté, aquel repertorio de gestos que construían una forma de ser hombre, aquel talento para la cordialidad y el encanto que siempre me dejaba asombrado, con su certeza tanto en ser bien recibidos como en tener el derecho de tomar todo lo que pudiesen.

Entonces el niño se izó, alardeando de su fuerza, y mientras pataleaba en el aire la mujer le agarró una pierna y tiró de ella, y al principio él soltó una risita, pensando que era un juego. Se dejó caer de nuevo sobre el reposabrazos, apoyando la espalda contra la pared, sin dejar de sonreír, y volvió a extender las manos juntas hacia delante, no suplicando ahora sino como diciendo ¿ves?, no ha sido tan terrible, qué tonta has sido de preocuparte. Pero esta vez la mujer le agarró una mano y tiró con fuerza, obligándolo a bajar hasta el asiento. Te he dicho que te sientes, dijo, y ahora quedó claro que estaba enfadada, realmente enfadada por primera vez durante el viaje, y fue en respuesta tanto a este enfado como al dolor que pudiera haberle causado, pensé, por lo que el niño se echó a llorar. Al principio se quedó conmocionado, con los ojos muy abiertos, como si no pudiera creer que su suerte se había acabado, y luego, aunque vi que intentaba resistirse, comportarse *muzhki*, las lágrimas empezaron a caer. El niño no paraba de enjugárselas, usando toda la palma de la mano, pero siempre había más, era tan desmesurado en su dolor como en todas las demás emociones. La abuela se negó a mirarlo, y pensé, como había pensado antes, en lo difícil que debía ser ejercer de padre, intuir la disciplina o la paciencia con la que se hacen crecer las buenas semillas al tiempo que se arrancan las malas, aunque tal vez no haya realmente forma de distinguirlas. Lo que era encantador en el niño no lo sería en el hombre, pensé, acordándome de Mitko y su perplejidad ante mi exasperación, su incredulidad ante cada rechazo. Había sido un niño igual que este. Miré a mi madre, que parecía afligida mientras le veía llorar, sus propios ojos anegados de lágrimas, y me pregunté, como me había preguntado tan a menudo, si no sería ella el origen de mi infelicidad, si había algo que pudiera haber hecho para hacerme distinto a como era. Me planteé esto mientras la observaba mirar al niño, aunque sabía que era injusto, que era afortunado de ser amado como ella me amaba.

Fue en aquel momento, mientras el niño lloraba, mientras veía a mi madre mirarlo con cautela, mientras todos nos retirábamos a nuestra intimidad para permitirle al niño la suya, cuando sentí un singular alineamiento de las cosas, esa extraña presión de cuando encuentran su sitio y yo el mío entre ellas, mi madre y el niño, el caluroso compartimento, los recuerdos de Mitko que volvían con tal ferocidad que me sentía desgarrado por ellos, por el pensamiento de nuestro último encuentro, que aun después de tantos meses me había dejado desolado. Saqué mi cuaderno de la bolsa, deseando plasmar todo aquello antes de que se desvaneciera, apuntar no frases sino impresiones, una cierta disposición de las cosas, incluso mientras oía al niño, que había vuelto a encontrar su voz, comenzando con sus recriminaciones. Se sujetaba el brazo por donde le había agarrado su abuela, apretándoselo doblado contra el pecho. *Schupi mi rukata*, dijo, me has roto el brazo, me duele, no tenías por qué tirar tan fuerte, pero la mujer no se inmutó, acostumbrada a aquellas escenas, supuse. Tienes que hacer lo que te diga, dijo. Este tren no es tuyo, contestó él, más malhumorado que dolorido; tú no lo has construido, tú no lo has comprado, añadió, usando la lógica como si fuera un bastión tras el cual refugiarse, no puedes decirme lo que tengo que hacer, pero nada de esto mereció una respuesta. Aquí no hay nada que hacer, continuó, probando otra vía, no tengo con qué jugar, no tengo juguetes, no me dejas subirme a los sitios, me aburro, dijo, *skuka mi e*. Ahí estaba en un terreno más firme, pensé, había cierta justicia en sus quejas, aunque la mujer seguía sentada en silencio. El brazo, dijo al cabo de un momento, como si acabara de acordarse, me duele mucho, y lo alargó hacia ella, que se lo cogió de nuevo, esta vez suavemente, con expresión preocupada, diciendo Déjame ver, y luego Sí, está muy mal, me temo que habrá que cortarlo, y de pronto él estaba riendo, retorciéndose para liberarse mientras ella se inclinaba, sin soltarle el brazo, y empezaba a hacerle cosquillas. Ahora el niño era todo alegría, las lágrimas aún humedeciendo su cara, y tras solo unos momentos de juego acabó echado sobre el regazo de la mujer, rodeándola con los brazos, una postura tan tierna que resultaba casi dolorosa de ver, como doloroso era ver a mi madre, que los miraba con tanta añoranza que tuve que apartar la vista. Recordé una época en la que nos habíamos tocado de ese modo, mi madre y yo, en la que había buscado su presencia y también su contacto, y me pregunté adónde habría ido a parar aquella sencilla naturalidad, y por qué había sido reemplazada por una incomodidad tan envarada, una sensación casi de tabú que me impedía responder de ningún modo a sus expresiones de amor. Por primera vez sentí lo cruel que había sido, cuando dejé de contestar a sus llamadas y correos, que se habían ido volviendo cada vez más frenéticos hasta cesar definitivamente. Durante un tiempo ella me había perdido, y no podía saber si yo regresaría. Permanecieron así un buen rato, la mujer y el niño, los brazos de él rodeándola y las manos de ella posadas en su espalda.

Me perdí entonces en la escritura de mis notas, de forma que tardé unos momentos en darme cuenta de que el niño me estaba observando; se había levantado del regazo de su abuela y estaba sentado muy derecho, y en su mirada había una cierta intensidad, la solemnidad de un deseo. Yo también quiero escribir, le dijo a su abuela, y mientras ella buscaba un bolígrafo en su bolso, él se inclinó hacia delante y tímidamente, como si ella pudiera plantear alguna objeción, sacó de la papelera metálica una de las tarjetas que mi madre había arrancado de sus revistas, y luego, cuando ella sonrió y le dijo que sí con la cabeza, una segunda y una tercera. Se reclinó en su asiento y, sosteniendo las tarjetas sobre el regazo, se puso a escribir, copiando en grandes mayúsculas las tres palabras, BUSINESS REPLY MAIL, una y otra vez, practicando el alfabeto, me di cuenta, las vacilantes letras de su caligrafía infantil, las más de las veces una Б cirílica reemplazando un carácter latino. No sabría decir por qué me afectó tanto aquello, su esmerada aplicación, la seriedad silenciosa con que trabajaba, pero me resultó desgarrador, más todavía cuando se giró hacia la mujer y dijo Cuando termine él lo leerá, inclinando la cabeza hacia mí. Tal vez ahora que veía a Mitko en el niño, cualquier futuro que pudiera imaginar para él me daba un motivo para el dolor. Si fracasaba en sus estudios, o si después de acabarlos descubría que no había trabajo, si se daba, como Mitko, a la bebida o a las drogas, frustrando las esperanzas de su abuela, tenía ante mí la promesa perdida de aquel brillante niño. Pero si el niño cumplía la mayor parte de esa promesa, si se marchaba de Bulgaria (donde no había futuro, me decían mis alumnos una y otra vez, donde solo existía el estrecho horizonte de unas expectativas cada vez más mermadas), si prosperaba más allá de cualquier esperanza que pudiera tener su abuela, entonces se me presentaba el pensamiento, para mí insoportable, de lo que podría haber sido Mitko. Al llegar a la tercera tarjeta, la caligrafía del niño ya había perdido toda su forma, aplanándose y estirándose hasta no ser más que una línea ondulada sobre la página. Mientras el tren aminoraba la marcha al acercarse a Plovdiv, donde mi madre y yo íbamos a pasar la noche –quería que viera el hermoso casco antiguo, las ornamentadas casas de madera trepando por las colinas–, me enseñó aquella última tarjeta para que leyera sus garabatos. Debe de ser un idioma que no conozco, dije sonriendo, no lo puedo leer, y él pareció satisfecho, gruñó y dijo *Tova e ispanski*, es español, haciéndome reír otra vez. Eres muy listo, le dije, mientras su abuela meneaba la cabeza, es bueno saber tantos idiomas. Mi madre y yo ya estábamos de pie, recogiendo nuestras cosas, sacando las bolsas más grandes del portaequipajes, y en ese momento me di cuenta de que no sabía cómo despedirme del niño. Quería decirle que estudiara, que se esforzara mucho, sobre todo que aprendiera inglés, que sin él estaría indefenso; era su mejor opción, quería decirle, pero ese es el tipo de cosas que no pueden decirse, no hay forma de decirlas, o de conseguir que el otro las escuche. En vez de eso abrí un bolsillito de mi bolsa, diciéndole que quería regalarle algo, algo que no se podía encontrar en Bulgaria, dije, y le di una pastilla de menta de un paquete que me había traído mi madre. Era mi golosina favorita cuando era niño, y sentí una alegría indescriptible al ver el placer con que le quitaba el envoltorio de plástico y se la metía en la boca. Entonces el tren se detuvo, y mi madre y yo salimos al pasillo, entorpecidos por nuestras bolsas y por la perspectiva de quedarnos los dos solos. Mientras nos uníamos a la cola de gente que se bajaba en la última parada antes de Sofía, volví a mirar una vez más al niño, a quien tuve la sensación de que nunca olvidaría, aunque quizá no fuera exactamente a él a quien recordaría, pensé, sino al uso que haría de él. Tenía mis notas, sabía que iba a escribir un poema sobre él, y entonces sería el poema lo que recordaría, que sería verdadero y falso al mismo tiempo, la imagen creada reemplazando a la imagen real. Escribir poemas era una forma de amar las cosas, siempre lo había pensado, de preservarlas, de vivir los momentos dos veces; o más que eso, era una forma de vivir con mayor plenitud, de conferir mayor riqueza de significado a la experiencia. Pero no fue eso lo que sentí cuando volví la vista hacia el niño, deseando obtener un último atisbo de él; lo que sentí fue una pérdida. Cualquier cosa que hiciera de él lo rebajaría, y me pregunté si en realidad no estaría dando la espalda a las cosas al convertirlas en poemas, si en vez de preservar el mundo no me estaría escondiendo de él. Las puertas se abrieron, la cola empezó a moverse, y vi que el niño ya se estaba subiendo a los asientos que acabábamos de dejar, reclamando un espacio nuevo para sí. Y entonces mi madre y yo bajamos del tren al aire vespertino, casi ahogando una exclamación de alivio ante su frescor.

Debía de estar durmiendo profundamente, una noche de aquella primavera, debía de encontrarme en un estado por debajo de los sueños o de cualquier tipo de pensamiento, cuando de repente me desperté sobresaltado. Por un breve instante sentí lo mismo que había sentido semanas atrás, cuando en plena noche había experimentado una violenta sacudida y un estremecimiento, un movimiento que vulneraba no solo mi noción de las leyes físicas sino también una certeza más profunda que siempre había dado por sentada. Mientras un miedo animal me clavaba a la cama, el mundo entero se agitaba con un ruido que no había oído nunca, el profundo retumbar de un trueno y el ruido de alarmas, todos los coches de mi vecindario aullando sus advertencias, una desconcertante cacofonía de melodías y tonos. Era el terremoto más fuerte que había sufrido Bulgaria en el último siglo, dirían los periódicos a la mañana siguiente, aunque en realidad solo había sido un temblor de fuerza media. En Sofía los *blokove* habían oscilado pero ninguno había caído, y no se habían producido muchos daños más allá de ventanas rotas y grietas en las fachadas, incluso en las aldeas solo las estructuras más antiguas se habían derrumbado. Hubo una muerte, según los artículos, una anciana a la que el susto le había parado el corazón. Era el primer terremoto que yo había vivido, y la primera vez que había experimentado una desorientación y una indefensión tan absolutas, la primera vez que había sentido de forma incontrovertible la insignificancia de mi voluntad, de tal modo que por debajo de mi miedo, o surgiendo apenas un instante después, había un abandono total, una sensación no del todo desagradable, una especie de ingravidez. Fue el ruido el que me hizo volver a experimentar aquel miedo, apenas por un momento, y ya estaba de pie cuando me di cuenta de que lo que me había despertado no era un ruido de catástrofe, sino el de alguien pulsando una y otra vez el chirriante timbre de mi puerta, al mismo tiempo que la golpeaba, no llamando sino aporreándola, rápido y fuerte. Sabía quién era, por supuesto, aunque llevaba muchas semanas sin aparecer. Le había prometido a R. que si regresaba no volvería a dejarle entrar, No puedes hablar con él, me había dicho R., si hablas con él, si le das la más mínima señal, volverá; tiene que dejar de existir para ti, dijo, casi con esas mismas palabras. Pero qué podía hacer, pensé mientras me acercaba a la puerta, gritándole que parara de hacer ruido, que ya debía de haber despertado a los vecinos y que no tardarían en salir, curiosos o enfurecidos; qué podía hacer cuando tan poco lo refrenaba, al hombre que estaba al otro lado de la puerta, que seguía montando aquel escándalo a pesar de que le estaba gritando desde el recibidor, o tal vez no me hubiera oído por encima del estruendo, porque al primer movimiento de mi mano sobre la llave paró de golpe, como si ahora estuviera dispuesto a mostrarse paciente. Cuando descorrí los pesados cerrojos y luego giré el pomo, con la intención de entreabrir un poco la puerta, sentí un peso empujando desde el otro lado, y mientras retrocedía rápidamente, a punto de caerme, pensé que quizá no estaba solo, que había venido para cumplir finalmente las amenazas que me había hecho en Varna.

Pero no se trataba de eso, comprendí cuando Mitko entró, no caminando sino dando tumbos, pasando junto a mí con un peculiar andar de costado, como si su cuerpo estuviera extrañamente descompensado y tirara de él hacia un lado; no era una amenaza para nadie, una simple brisa podría derribarlo. No se detuvo para estrecharme la mano ni quitarse los zapatos ni decirme nada, sino que con su tambaleante movimiento lateral fue a la sala de estar y se desplomó sobre el sofá. Me quedé un momento con la puerta abierta, reticente a cerrarla, como si todavía hubiera alguna posibilidad de que el viento se llevara lo que había traído, como si él pudiera cambiar de opinión y marcharse antes de que surgiera una nueva revelación, un nuevo drama. También estaba atento a mis vecinos, por si oía abrirse alguna puerta; me disculparía por el ruido, en inglés o en búlgaro, dependiendo de cuáles se abrieran. Les diría que mi amigo estaba borracho, lo cual era cierto; cuando había pasado junto a mí me había llegado un fuerte olor a cerveza, de esa que viene en botella de dos litros, la más barata. Pero no había ninguna señal de nadie, el corredor estaba en silencio, así que cerré la puerta, no tenía otra alternativa, a menos que la cerrara no ante mí sino a mi espalda, saliera al corredor y me largara, lo cual por supuesto no era una opción.

Mitko estaba sentado en el extremo del sofá, aunque quizá sentado no sea la palabra más adecuada para aquella postura desplomada, su cuerpo inclinado hacia un lado como un barco que naufraga. Se había quitado de cualquier modo la chaqueta y la había dejado toda arrugada a su espalda, un gesto impropio de él, dado lo cuidadoso que era siempre con sus cosas. Puso una rodilla a medias sobre el asiento, girándose en una postura como de bienvenida, pensé, una invitación a que me sentara a su lado. Tenía los hombros y la espalda encorvados hacia delante y la cabeza ladeada hacia arriba en un ángulo extraño, como si estuviera examinando algo situado a media altura, los armarios de encima del fregadero, quizá, aunque cuando me acerqué y me senté en el otro extremo del sofá, guardando entre nosotros la mayor distancia posible, me di cuenta de que no estaba examinando nada. Sus ojos se movían de un modo extraño, girando sin sentido alguno en su cabeza, como desconectados de su voluntad, y su cuello no estaba simplemente ladeado sino tenso. Era una postura de agonía, pensé, y aunque estaba claramente borracho, más borracho de lo que lo había visto nunca, más borracho de lo que había visto nunca a nadie, pensé que seguramente también se había tomado algo más, alguna sustancia cuyos efectos trascendían mi conocimiento de esas cosas. Tenía un aspecto terrible, aún más flaco que antes, de modo que la ropa que siempre había llevado ceñida colgaba suelta sobre su cuerpo; y había algo más, menos fácil de identificar pero igual de alarmante, algo que estaba sutilmente mal en el color de su piel y que hacía difícil no apartarse de él.

No retrocedí, pero fue como si hubiese percibido ese impulso cuando se inclinó para tomar mi mano entre las suyas. Me había fijado en que se movían de una forma muy rara, los dedos restregándose entre sí de un modo extraño, como sorprendidos de encontrar vecinos tan cercanos, y ahora me agarró la mano con fuerza, cogiéndomela entre las suyas, y me la frotó, apretando tanto que me crujieron los nudillos. *Dobre li si*, le dije, ¿estás bien? Era obvio que no lo estaba pero tenía que decir algo. Sacudió rápidamente la cabeza, no a modo de respuesta sino como para quitarse de encima mi voz, y tuve la sensación de que hacía un esfuerzo para mirarme; sus ojos dejaron de vagar un momento, parecieron buscarme, pero enseguida reanudaron su movimiento. Sostuvo mi mano en silencio durante un rato, sin dejar de frotármela de aquella manera extraña, aplastando las articulaciones de mis dedos unas contra otras, de forma que tuve que devolver la presión para evitar el dolor. Y entonces empezó a hablar, aunque no exactamente a mí, ni a nadie; comenzó a repetir una misma frase, que aunque era breve no entendí al principio, en parte porque arrastraba las palabras pero también por lo extraña que resultaba, una declaración contrafactual, *Men me nyama*, dijo, las tres palabras una y otra vez, *men me nyama, men me nyama*, me he ido, significa, o no estoy aquí, literalmente no hay yo, una construcción extraña que no puedo reformular en inglés. Por un momento pensé que estaba cantando una canción pop del verano anterior, «Dim da me nyama», que es imposible de traducir pero que significa algo así como desvanecerse en el humo, como un coche haciendo girar los neumáticos antes de salir disparado, quizá, o como el correcaminos de los dibujos animados. Era una canción rap, y el estribillo repetía el título una y otra vez, rítmicamente, casi como una letanía, y por eso me pareció durante un momento que Mitko la estaba cantando, sus palabras eran tan parecidas, *men me nyama, men me nyama*. Casi sonreí ante su borrachera, hasta que me di cuenta de que no estaba cantando, y que sus ojos, que no habían cesado en sus extraños movimientos, se habían llenado de lágrimas. Qué pasa, pregunté entonces, qué quieres decir, no entiendo, y al oír aquello Mitko detuvo su cántico, lo paró en seco como cortándolo con los dientes, y casi con rabia dijo *Nishto ne razbirash*, tú no entiendes nada. Muy bien, dije en tono apaciguador, no lo entiendo, explícamelo, pero antes de que pudiera tranquilizarlo su rabia, si es que era rabia, se había disuelto, se había convertido en una presión aún más nerviosa sobre mis manos. *Dnes sum tuk*, dijo, *a utre men me nyama*, hoy estoy aquí, mañana no estoy, y luego entonó otra vez su extraño cántico. Era como un conjuro contra algo, pensé, confiriéndole quizá demasiado significado, quizá fuera menos que un conjuro, más bien como una piedra que uno hace girar en la mano, sin más propósito que el de sentirla.

Entonces interrumpió su cántico y dijo mi nombre, o mejor dicho la sílaba que usaba de modo aproximativo, ya que mi nombre era impronunciable en su idioma; al principio de conocernos había intentado decirlo, pero siempre se encallaba con unos sonidos que no conseguía emitir, unas formas intrincadas que le hacían sacudir la cabeza confuso. Yo había pasado por lo mismo con R.; la versión inglesa de su nombre era bastante común, pero en portugués sonaba extraña, y aunque practicaba sin parar su pronunciación, y a pesar de que se me dan bien los idiomas, cada vez que decía su nombre R. se echaba a reír, así que pronto dejé de usarlo y empecé a llamarlo de otras maneras, nombres privados que me inventaba y que por tanto no podía pronunciar mal. La sílaba que usaba Mitko era también un nombre privado, le pertenecía solo a él, y ahora la dijo como para ponerme en foco, diciéndola una segunda y una tercera vez, y luego, *Shte umra*, dijo, me voy a morir, dicen que me voy a morir, y al oír sus propias palabras las lágrimas que habían anegado sus ojos empezaron a derramarse, surcando sus mejillas. Me soltó para secárselas, usando ambas palmas, y luego se cubrió los ojos con ellas, meciendo su cuerpo hacia delante y hacia atrás ahora que tenía las manos quietas. Mitko, dije, estirando el brazo para ponerle la mano en la espalda, inseguro de qué hacer con ella ahora que la tenía libre, Mitko, qué quieres decir, quién dice eso, y me contestó, sin dejar de mecerse, *Lekarite*, los médicos, dicen que los riñones y el hígado ya no me funcionan, que me queda un año de vida. Mitko, repetí, Mitko, y quizá añadí la sílaba oh, sin saber muy bien lo que quería decir con ella. Pero cómo, me sorprendí diciendo, de qué, pensando que no podía ser por la sífilis, que debía de tardar años en causar ese efecto, incluso si no se había tomado las medicinas para las que le había dado dinero, el dinero que le había dado dos veces; pero sacudió bruscamente la cabeza cuando se lo pregunté, *Ne*, dijo, *ne*, y no añadió nada más. Me acordé de los meses que había pasado en el hospital hacía unos años, algo relacionado con su hígado, aunque en realidad nunca hablaba de ello, evitándolo igual que hacía con la mayor parte de su pasado; hepatitis, había pensado, sabiendo que aquí estaba muy extendida y contra la cual yo estaba inmunizado hacía tiempo. O quizá tampoco fuera eso, quizá solo fuera todo el alcohol que bebía sin parar, aunque todavía era muy joven, no sé. Y entonces me acordé de lo que había dicho aquella noche en el McDonald's, justo antes del encuentro en el que había pensado tantas veces desde entonces, con una añoranza, una excitación y un remordimiento tan estrechamente entrelazados que resultaban indistinguibles, cuando me había dicho que los fármacos que íbamos a tomar eran peligrosos para él. Tal vez no había logrado salir indemne de la enfermedad, a diferencia de mí; tal vez fuera a lo que me había referido con aquella sílaba que ahora repetí, oh, la injusticia de una suerte de la que no podía quejarme, aun cuando ya estaba abriendo un espacio enorme entre nosotros, una distancia todavía mayor de la que ya existía antes. Así que repetí su nombre por tercera vez, llamándolo desde el otro lado de aquel espacio abierto, aunque él no me respondió, siguió meciéndose hacia delante y hacia atrás, ya inalcanzable.

Quiero irme, dijo entonces, y se levantó con esfuerzo del sofá. Vaciló un momento, tambaleándose, y recuperó el equilibrio lanzando una pierna hacia delante y después, cuando ya empezaba a caer, la otra. Tal vez se hubiera levantado demasiado deprisa y se hubiera mareado, además de estar borracho y a saber qué más, y con aquel andar extraño, casi cayéndose, fue de la sala de estar al pasillo. Yo también me puse de pie, inseguro de si debía detenerlo o estar agradecido por que el suplicio hubiese sido tan breve. Ahora que sabía o creía saber que por fin iba a librarme de él no quería que se marchara, y me sentí casi feliz cuando lo vi dar media vuelta ante la puerta y caminar o más bien dar tumbos por el pasillo hasta mi dormitorio. Lo seguí, y observé cómo chocaba contra la cama y después se desplomaba sobre ella, como si estuviera avanzando a tientas en la oscuridad y le hubiera pillado por sorpresa. Se quedó tumbado un momento y luego apoyó los brazos para incorporarse, tambaleándose antes de volver a caer. Permaneció así, en una postura medio sentada, medio tumbada, sus manos sin parar de moverse, pude ver, agarrando y soltando la fina manta bajo la que había estado durmiendo. Me quedé en la puerta, mirando, sin saber si debía ir con él; la cama era un lugar peligroso, con sus recuerdos de lo que habíamos hecho en ella. Pero entonces, como si sus fuerzas le abandonaran, Mitko se dejó caer, subió las piernas a la cama (no se había quitado los zapatos, los vi embarrando las sábanas) y llevándose las rodillas hasta el pecho rompió a llorar de nuevo, aunque esta vez en silencio, las lágrimas brotaron y su rostro se contrajo, pero la boca se abrió y se cerró sin hacer ruido alguno. Entonces me acerqué a él, fui hasta la cama y me acosté a su lado y le puse un brazo sobre el hombro, no abrazándolo sino ofreciéndole consuelo, esperaba, una señal de mi presencia aunque no lo toqué en ninguna otra parte, e inmediatamente me agarró el brazo y se lo llevó al pecho, que subía y bajaba mientras jadeaba en un llanto silencioso. Y no solo me atrajo hacia sí, también se giró de costado; yo había dejado un espacio entre nosotros pero él se pegó a mí, apoyando toda la espalda contra mi pecho. Cerré los brazos en torno a él, abrazándolo mientras lloraba, y metió una pierna entre las mías y tiró de mí, de forma que pude sentir todo su cuerpo a lo largo del mío, aquel cuerpo que, aunque a mi manera parcial o acordada o intermitente, había amado. Cuando pegué la cara a su cuello y lo respiré, su olor agrio a sudor y alcohol, me pareció imposible que pudiera disolverse, disolverse sin más, aquella forma que había conocido de un modo tan íntimo con mis manos y mi boca, me resultaba insoportable que aquel cuerpo tan querido para mí debiera morir. Pero aunque lo abracé con más fuerza, el espacio que se había abierto entre nosotros seguía allí, y sabía que me iba a quedar al otro lado, el lado de la salud, sabía que no me quedaría con Mitko para hacer frente a la muerte que él afrontaba; sé que está en todas partes, que mirar a otra parte no es más que una ilusión, pero mientras pudiera creer en esa ilusión seguiría fingiendo apartar la mirada. Amar no es solo cuestión de mirar a una persona, pienso ahora, sino de mirar con ella, afrontar lo que ella afronta, y a veces me pregunto si existe alguien con quien podría estar y mirar aquello que no miré con Mitko, ya sea con mi madre, digamos, o con R.; es algo terrible de lo que dudar sobre uno mismo, pero dudo.

Aun así, permanecí tumbado a su lado, lo abracé mientras se agarraba a mi brazo, apretándolo contra su pecho. Cuando se hubo calmado empezó a hablar, y sus manos, que habían estado quietas mientras lloraba, volvieron a masajearme en el punto donde me tenían cogido, adoptando nuevamente aquel extraño movimiento. *Obichash li me*, preguntó, tú me quieres, pero no era una pregunta; sé que me quieres, dijo, sin esperar a que hablara. Sé que me quieres pero yo no puedo quererte, lo siento, eres mi amigo, dijo, *priyatel*, aquella palabra que podía significar tanto y tan poco, eres mi amigo pero *poveche ne moga*, no puedo hacer más. Chsss, Mitko, dije, no pasa nada, no te preocupes, lo entiendo, pero no me escuchaba, estaba hablando para sí mismo, la espiral de sus pensamientos imposible de seguir para mí. *Gospod go obicham*, dijo, y por un momento pensé que debía de haberlo entendido mal, él nunca hablaba de aquellas cosas. Pero volvió a decirlo, Yo amo a Dios, *no men ne me obicha*, pero Dios no me ama a mí, Dios ama a los fuertes y yo no soy fuerte, y de nuevo estaba llorando, hablando con ese extraño tono agudo y estridente que adopta la voz bajo presión; ama a los fuertes, dijo una y otra vez, repitiéndolo como un cántico o una plegaria. Qué estás diciendo, le dije, *gluposti*, tonterías, y volví a decir chsss, hablándole como si fuera un niño, no sabía de qué otra forma hablarle. Dios ama a los fuertes, repitió, y yo no soy fuerte. *Iskam maika si*, dijo entonces, quiero a mi madre, y volvieron a brotarle las lágrimas a raudales, me había cogido la mano y la apretaba con fuerza. ¿Tú amas a Dios?, me preguntó cuando fue capaz de hablar otra vez, ¿vas a la iglesia?, y ahora no intenté hablar, no sabía cómo contestar, incapaz de obligarme a decir lo que sabía que lo calmaría, por muy cruel que resultara me veía incapaz de decir las palabras.

Me apretó la mano con más fuerza, pegándose contra mí, tratando de persuadirme, Dios te ama, dijo, tú debes amar a Dios, Dios cree en ti, tú debes creer en Dios. Muy bien, dije por fin, muy bien, mostrándome de acuerdo con lo que fuera que dijera, o aparentando que lo hacía, y entonces guardó silencio durante un rato, cada vez más quieto. Se estaba quedando dormido, y aunque me producía placer sentir su peso a mi lado, me pregunté cuánto tiempo permanecería allí, si debía despertarlo, si conseguiría hacerlo si lo intentaba. No tenía ni idea de qué hora era, no había reloj en la habitación, y aunque me había acostado temprano me pareció que ya era tarde, probablemente dentro de poco tendría que prepararme para ir a dar clase. Tal vez fuera mejor despertarlo ahora, pensé, antes de que estuviera profundamente dormido, no sería muy amable despertarlo pero tampoco podía dejar que pasara la noche allí. Le daría dinero para que alquilara una habitación en algún sitio, decidí, pero antes de poder reunir el valor para despertarlo se despertó solo. *Ne*, dijo bruscamente, no quiero dormirme, y me soltó las manos para volver a incorporarse ayudándose con los brazos. Se quedó sentado con la cabeza gacha, apoyándose sobre las manos a los costados mientras ponía mi mano en su espalda, para mantenerlo estable pero también por el contacto en sí. Pronto ya no podría tocarlo, pensé, tal vez no volvería a tocarlo nunca. *Gladen sum*, dijo, tengo hambre, hace mucho que no como nada. Se levantó con torpeza, de nuevo como si no calculara bien la fuerza necesaria, de modo que se pasó de la marca, por así decirlo, y a punto estuvo de caer hacia delante, y solo logró mantenerse en pie alargando la mano hacia el armario y apoyando los dedos sobre el espejo de la puerta, dejando unas marcas que me descubriría examinando durante los días siguientes, hasta que la mujer que viene a limpiar el apartamento las hizo desaparecer. Mitko salió de la habitación con su andar tambaleante pero yo me quedé donde estaba, medio incorporado en la cama mientras oía abrirse la puerta de la nevera y el ruido que hacía sacando cosas. Al cabo de unos minutos me llamó con aquella única sílaba que era mi nombre para él, y que me trajo de vuelta a mí mismo, o mejor dicho, a la persona que era con él, y me levanté lentamente para ir a su lado.

Ahora estaba más lúcido, los efectos del alcohol o de lo que fuera que había tomado se le estaban pasando, o tal vez aquellos pocos minutos de sueño lo habían reanimado. Estaba sentado derecho, en el borde mismo del sofá, inclinado hacia delante con las rodillas abiertas, y había depositado ante él un plátano, un yogur, una cuchara, además de una botella de leche. *Ela tuka*, me dijo, ven aquí, y volví a sentarme a su lado, esta vez más cerca. *Trugvam si*, dijo, me marcho, no voy a molestarte, solo quiero comer algo antes, y le dije que no se preocupara, que no me estaba molestando en absoluto. Había mirado la hora después de que él saliera del dormitorio, esperando hasta entonces para alcanzar el teléfono de la mesilla de noche, y me sorprendió ver que todavía era temprano, ni siquiera era medianoche, mi sueño aunque profundo había sido breve. Mitko cogió el plátano que había dejado sobre la mesa, y con exagerada meticulosidad empezó a pelarlo, desprendiendo lentamente cada larga tira de piel, como si cada movimiento requiriera la máxima atención. Era como si hubiera perdido el sentido de su cuerpo en el espacio, pensé, ese conocimiento inconsciente que todos poseemos; como si nada pudiera darse por descontado y tuviera que ser medido con cautela. Sus ojos ya no vagaban descontrolados pero tampoco estaban del todo centrados, no siguieron al plátano cuando se lo llevó a los labios y mordió la punta. Se giró ligeramente hacia mí, sosteniendo el plátano para ofrecérmelo. Come, dijo muy serio, hablando en inglés, y al ver que no obedecía lo repitió, apoyando la carne blanca contra mis labios. Es que no quiero comer, dije, aunque no era solo eso; me inquietaba la seriedad con que me miraba fijamente, me miraba o no acababa de mirarme con sus ojos desenfocados, y no quería participar, lo percibía como algo sacramental, como un ritual por el cual me ataría. Pero

Mitko ignoró lo que le decía, empujando con más urgencia la fruta contra mis labios, de modo que tuve que apartar la cara. No quiero, dije, pero me hizo callar, siseando entre dientes; *Vizh*, dijo, mira, y se llevó el plátano a los labios. Yo como, dijo, hablando otra vez en inglés, y luego, colocando de nuevo el plátano ante mí, ahora come tú. Pero volví a apartar la cara, y él volvió a llevarse la mano a los labios. *Dnes sum tuka*, dijo, retomando aquellas palabras que habían sido su letanía, hoy estoy aquí, como, dijo, ¿entiendes?, como. *Razbiram*, dije, y una vez más me espetó *Nishto ne razbirash*, no entiendes nada. Pero enseguida su voz se suavizó, igual que antes, Yo te entiendo, dijo, pero tú no me entiendes, y volvió a mirarme con una tristeza tal que entonces comí, aceptando finalmente el regalo que me ofrecía, aunque apenas conseguí tragar, el dulzor me cerraba la garganta.

Bien, dijo en inglés, bien, y después dejó el plátano a medio comer, volviendo a cubrir meticulosamente la pulpa con la piel. Entonces cogió el yogur, una marca barata con aroma artificial, y tras retirar con cuidado la tapa de aluminio hasta la mitad (centímetro a centímetro, de nuevo como midiendo la fuerza necesaria) se llevó el recipiente a los labios y tomó dos grandes bocanadas, no usando la cuchara sino bebiéndoselo. Después pasó a la leche y, sosteniendo la botella con una mano y el yogur con la otra, empezó a verterla dentro del vasito, lentamente, como decidido a conseguir que cayera el hilo más fino posible de líquido, un proceso dificultado por el hecho de que le temblaban las manos, las dos, como le pasaba siempre que estaba borracho. *Mite*, dije, usando el nombre con que lo llamaba, la versión más íntima, pensaba, o la más íntima posible, un diminutivo como de niño, *Mite,* ¿no pueden hacer nada, no hay tratamiento? Sin apartar la vista de su tarea, como si cualquier interrupción de la concentración pudiera dar al traste con el delicado proceso, levantó la cabeza y luego la bajó, un gesto definitivo, *Ne*, dijo, *nishto*. Me pregunté por qué era así, si por su enfermedad o por el coste de lo que fuera necesario para tratarlo, incluso aquí, donde esas cosas eran mucho más baratas, y me permití imaginarme que me hacía cargo de todo, la tarea imposible de salvarlo, durante el tiempo de una simple respiración me lo imaginé, y luego deseché la idea.

Dejó la leche y el yogur, y tras desprender el resto de la tapa de aluminio se puso a remover la mezcla con la cuchara. Estaba preparando una variante del *airan*, me di cuenta, ese yogur aguado que tanto gusta en Bulgaria. *Mite*, repetí, te ayudaré, te daré dinero para que vuelvas a Varna. *Ne iskam pari*, dijo, no quiero dinero, y volvió a tomarme la mano, apretándola, aunque no tan fuerte como antes. He venido porque eres mi amigo, dijo, mucha gente dice que son tus amigos pero no lo son, están contigo y cuando los necesitas desaparecen. Pero tú eres un amigo de verdad, dijo, *istinski*, me has ayudado muchas veces, y pensé que no era eso lo que había hecho, acordándome de todas aquellas transacciones que no habían tenido nada que ver con la ayuda, lo había reclamado para mí de la única forma en que podía. Pero no le dije esto, le dije que me alegraba por ello, mirándolo a aquellos ojos que me miraban con tanta seriedad y aun así no me miraban en absoluto. Déjame ayudarte ahora, dije, tienes que volver a Varna, estar con tu madre. Al oír esto su mirada se suavizó aún más, y vi que los ojos se le llenaban de lágrimas. Mitko asintió, aceptaría el dinero, y me pregunté qué imperiosa necesidad habría satisfecho fingiendo que no lo haría. *Istinski priyatel*, repitió, soltándome la mano y volviendo a su bebida.

Pero yo también soy tu amigo, dijo entonces, el tono de su voz cambiando mientras vertía más leche dentro del vasito, ¿sabes lo buen amigo que he sido? Los otros, cuando nos veían juntos, me decían Mitak… que era otro de sus nombres, la gente aquí tiene muchos apodos, había visto a otra gente llamarlo así en Skype o en las páginas de contactos, pero yo no lo había usado nunca; me sonaba muy duro, Mitak, nunca me había parecido que evocara a la persona que quería que fuera conmigo. Mitak, me decían, qué haces con ese tipo, por qué vas con ese maricón, y usó la palabra *pederast*, que aquí como en todas partes es el insulto preferido. Hay otras palabras para decir lo mismo, claro, pero *pedal* u *obraten* no me habrían golpeado con la misma fuerza, habría tenido que traducirlas, aunque fuera rápidamente; las palabras de un idioma extranjero nunca nos hieren tanto como las de nuestra lengua materna. Pero cuando oí aquella palabra, *pederast*, me aparté ligeramente de él y me quedé muy quieto. Pero *ne ne vikam az*, continuó, les digo no es un maricón, les digo dejadlo en paz, *toi e hetero*. Todo esto me lo dijo mientras seguía removiendo el yogur en su pequeño vasito, mirándolo en vez de a mí, los ojos todavía desenfocados aunque estaba más lúcido de lo que había pensado, me di cuenta, lo bastante lúcido como para lanzar sus amenazas, porque sabía que lo que estaba haciendo era amenazarme. ¿Por qué dices eso, Mitko?, pregunté, abandonando nuestros nombres privados, ¿por qué me estás diciendo estas cosas? Se encogió ligeramente de hombros, sin dejar de remover la mezcla de yogur y leche, ahora ya sin propósito alguno; quizá aquel movimiento fuera como su letanía, un ritmo que lo había atrapado, algo que hacía simplemente por sentir la sensación. Hay gente mala, dijo, hablando en abstracto como siempre que profería sus amenazas, haciendo un ademán hacia aquella galería de caras o máscaras que podría elegir ponerse, aunque de momento las dejó colgadas. Hay gente mala que podría contar lo que eres, dijo, que podría no guardar tus secretos, que podría meterte en problemas, dijo, y mientras hablaba se adueñó de mí una tristeza más profunda, no por la traición que esto implicaba sino por su futilidad, por que aquella fuera la única amenaza que podía hacerme, o por que pensara siquiera que era una amenaza. Lo era en un mundo distinto, quizá en el suyo pero no en el mío. Pero, Mitko, dije, hablando en tono suave, no por miedo sino por lástima, yo soy una persona transparente, no tengo esos secretos, todo el mundo sabe lo que soy, y usé su fórmula a pesar de que me incomodaba, *tova koeto sum*. ¿Todo el mundo?, dijo, incrédulo, ¿también en la universidad, tus colegas, tus alumnos? Pues claro, dije, como si no pudiera ser de otra manera, se lo conté desde el primer día, lo sabe todo el mundo, y cuando bajó la vista, volviendo a encogerse de hombros, sentí una extraña decepción, como si lamentara mi propia seguridad, como si echara de menos aquella amenaza que ahora quedaba fuera de su alcance.

Mite, dije, usando de nuevo mi nombre favorito para él, su nombre más íntimo o el más íntimo para mí, lo siento, es hora de que te vayas, y mientras decía estas palabras me sentí mal, sabiendo que iba a librarme de él de una vez por todas. Sí, dijo, conviniendo, *trugvam si*, pero no se levantó para marcharse; se quedó sentado en el borde del sofá, sus manos en el vasito ya vacío del yogur. Me levanté para ir a buscar la billetera que estaba en mi abrigo, colgado junto a la puerta. El autobús a Varna le costaría treinta leva, o eso costaba no hacía mucho, de modo que saqué el doble de esa cantidad, y luego un poco más, y doblé los billetes hasta que formaron un prieto fajo enrollado en la palma de mi mano. Toma, dije, sosteniéndolo ante él, con esto llegarás a Varna, y también tienes para comida. Miró el dinero que le ofrecía pero no se movió para cogerlo, como si su mirada desenfocada no terminara de reconocer lo que veía. Toma, repetí, tienes que ir a Varna, tienes que estar con tu madre. Asintió, se limpió las manos en los vaqueros, y luego cogió el dinero y se puso de pie. Ahora estaba visiblemente mejor, no del todo estable pero tampoco se tambaleaba. *Mersi*, dijo, nada más, mientras se guardaba el dinero en el bolsillo. Entonces se giró y cogió cuidadosamente su arrugada chaqueta, poniéndosela muy despacio, no solo por la necesidad de dosificar energías, pensé, sino por reticencia a marcharse, y aunque repitió *Trugvam si* no hizo ademán de ir hacia la puerta. En vez de eso se dirigió de nuevo a la nevera, la abrió y examinó el interior. Todavía tengo hambre, dijo, voy a freírme un huevo antes de irme, *pet minuti*, dijo, cinco minutos. Pero me acerqué a él y le puse una mano en el hombro. Mitko, dije, lo siento, tengo que dormir, puedes comer en otra parte, tienes dinero suficiente. Y de nuevo me sentí mal, sentí que era una crueldad obligarlo a marcharse, a pesar de que ya le había dado comida y dinero. Qué significa hacer suficiente, me pregunté, como me había preguntado en otras ocasiones en relación con esa obligación hacia los demás que a veces parece tan clara y a veces se desvanece del todo, de tal forma que en un momento no debemos nada, cualquier cosa que damos es demasiado, y un momento después nuestra deuda es incalculable.

Dobre, dijo, enderezándose, y luego repitió *trugvam si*. Dio unos pasos hacia la puerta antes de detenerse otra vez y girarse hacia mí. Ya estoy bien, dijo, y al principio pensé que se refería a su recuperada lucidez, ahora que se le estaban pasando los efectos del alcohol o lo que fuera; pero entonces se me acercó, repitiendo *Veche sum dobre*, y mientras me ponía la mano en la cintura entendí lo que me estaba ofreciendo. Dejé que me atrajera hacia sí y que pegara su pelvis a la mía para poder sentir su polla otra vez, y por un momento me permití reaccionar, la oleada de excitación que solo él podía hacerme sentir. Pero entonces inclinó su cabeza hacia la mía y le puse una mano en el pecho, sin empujarlo pero deteniendo su avance. *Mite*, dije, y rápidamente, para que no pareciera una invitación ni una expresión de pasión, aunque tal vez lo fuera, *ne*, dije, y lo repetí, *ne*. No discutió, pero me mantuvo abrazado un momento más, frotándose contra mí, restregándose contra mi erección ya evidente, como para asegurarse de que todavía producía ese efecto. Ya se marchaba, volvió a decir, solo un momento, y antes de que pudiera protestar fue a la nevera y sacó otro vasito de yogur. Me puedo llevar esto, dijo, sin realmente preguntarlo, y le dije Sí, claro. Se dirigió de nuevo hacia la puerta, y esta vez sí me ofreció la mano, recuperando los rituales que había descuidado a su llegada. No volveremos a vernos más, dijo, nunca más, con una ligera sonrisa, y luego, sin soltarme la mano, como para impedirme que lo apartara de mí, se inclinó hacia delante y pegó sus labios a los míos, sin pasión, aunque los míos se suavizaron para recibir lo que quisiera darme. Fue un beso breve, duró un momento, y luego se giró y abrió la puerta, dejándome que la cerrara tras él.

Apagué las luces, deseoso de estar a oscuras o casi a oscuras, en Mladost nunca está verdaderamente oscuro, siempre hay como mucho un crepúsculo con luces de la calle y de las ventanas de los edificios vecinos; y luego crucé la sala de estar y salí al balcón. Era una noche fresca, con un frío primaveral muy distinto al del otoño o el invierno, no por su temperatura sino por la calidad del aire, su suavidad o dulzura, que siempre me había parecido una especie de bienvenida. Era tarde pero no terriblemente tarde, la luna estaba en medio del cielo, la única luz natural que colgaba suspendida sobre los *blokove*. Podía oír el tráfico de Malinov, y vi venir dos coches por mi calle, uno de los cuales se detuvo junto a un hueco en el bordillo para aparcar, subiéndose a la acera y apagando las luces. Oí cerrarse abajo la puerta de mi edificio, ese fuerte ruido que hace al ser abierta de un empujón y dejarla que se cierre sola, un ruido desconsiderado, y luego apareció Mitko, caminando no deprisa pero sí con paso firme, no del todo estable pero sin riesgo de caerse. Iba agitando el vasito del yogur, sosteniéndolo junto a la oreja como fascinado por el sonido que hacía. Un poco más adelante se abrieron las puertas del coche, y de él salió una pareja joven, vestida elegantemente, que venían de cenar, supuse. La mujer cerró su portezuela y abrió la de detrás, y se inclinó para ocuparse de una criatura, extrayéndola de sus hebillas y correas e incorporándose con ella en brazos. Era una niña, pensé, deduciéndolo más por su ropa que por los rasgos que apenas podía entrever, y estaba dormida, su cuerpo lánguido entre los brazos de su madre. Mitko aminoró la marcha al acercarse a ellos, mirando a la niña con interés, el yogur todavía alzado junto a su oreja aunque ya no lo agitaba, y lo vi inclinarse un poco hacia la criatura y decirle algo, aunque naturalmente no pude distinguir las palabras. Había presenciado aquello muchas veces aquí, la libertad con que la gente se dirigía a los niños pequeños, acercándose a ellos igual que hacía ahora Mitko, llamándolos *milichka*, cariño, como imaginé que estaría llamándola ahora; nadie se ofendía, como si todo el mundo diera por sentado que los niños eran una especie de propiedad pública, algo que amar colectivamente. Había crisis, cada pocos meses aparecían artículos alarmantes en la prensa sobre la caída de la natalidad; aunque en mi barrio había muchos niños, el país en su conjunto estaba en peligro, la gente no podía permitirse tener niños, o no le veía sentido a tenerlos, y como todo aquel que tiene la oportunidad huye al extranjero —como mis alumnos, pensé, ansiosos por escapar—, la población decrece y las advertencias de los periódicos se vuelven más estridentes y la nación en sí va haciéndose un poco menos real, desvaneciéndose, temen algunos, en la nada. No hay esperanza, me habían dicho algunos de mis alumnos, no en clase sino en privado, susurrando como si aquello no pudiera decirse en voz alta, el país se está muriendo. Los niños pequeños son por tanto una alegría compartida, y sus padres se deleitan con ello, con las caricias en las mejillas y con los *milichkas*, pero a aquella madre no le gustó la alegría de Mitko al ver a la niña; se apartó ligeramente, no con grosería pero sí con determinación, como protegiendo a la pequeña de su interés, y poco después el padre estaba junto a ellas y las condujo hasta el portal de su edificio. Mitko se quedó parado un momento, como perplejo, y una vez más me embargó el dolor por él, viéndolo allí solo en medio de la calle. Siempre había estado solo, pensé, contemplando un mundo en el que nunca había encontrado su lugar y que ahora le mostraba una indiferencia casi total; ni siquiera era capaz de perturbarlo, de hacer un sonido que ese mundo se molestara en oír. De pronto me encolericé por él, sentí la rabia que estaba seguro de que él debía sentir, una rabia tan inútil como el seco rechinar de engranajes. Pero de lejos Mitko no parecía estar sintiendo nada; no eran más que pensamientos míos, lo sabía, no me acercaban en absoluto a él, el hombre al que en cierto sentido había amado y que en todos los años en que lo había conocido no había sido más que un extraño para mí. Echó a andar de nuevo, agitando el vasito de yogur, que en ningún momento se había bajado de la oreja, y lo seguí con la vista hasta que dobló la calle y desapareció, rumbo al bulevar y al autobús que se lo llevaría. Me quedé allí un rato, mirando la esquina por donde se había desvanecido. Luego entré y, tras sentarme donde solo un momento antes había estado sentado junto a mí, hundí la cara entre las manos.

AGRADECIMIENTOS

Una versión temprana de la primera sección de esta novela se publicó en forma de *novella* en 2011. Gracias a Keith Tuma, Dana Leonard y a todo el mundo de la Miami University Press. Y especialmente a David Schloss.

Anna Stein creó un lugar en el mundo para este libro gracias a la pura fuerza de su fe en él. Gracias también a Alex Hoyt, Sally Riley y Nishta Hurry. Estoy en deuda con Mitzi Angel por sus heroicas correcciones, y con todo el mundo de Farrar, Straus and Giroux por su acogedora recepción a esta novela y a su autor. Un agradecimiento especial a Will Wolfslau por su inestimable ayuda.

Ha sido un privilegio pasar los dos últimos años en el Iowa Writers' Workshop. Gracias a Connie Brothers, Deb West, Jan Zenisek y Kelly Smith. Estoy en deuda con Lan Samantha Chang por sus generosas y brillantes enseñanzas, y con los miembros de su taller de novela de otoño de 2013, especialmente con Micah Stack, Novuyo Rosa Tshuma y D. Wystan Owen. La escritura de este libro recibió el apoyo de una Iowa Arts Fellowship y de una Richard E. Guthrie Memorial Fellowship; muchas gracias a la Universidad de Iowa y a la familia Guthrie por su generosidad.

Por sus consejos y su aliento, doy las gracias a Elizabeth Frank, Kyle Minor, Peter Cameron, Elizabeth Kostova, Honor Moore, Paul Whitlatch, Margot Livesey, Robert Boyers y Stephen McCauley. Por la inspiración de sus enseñanzas y su ejemplo, gracias a Frank Bidart, Kevin Brockmeier, Carolyn Forché, Carl Phillips, Jorie Graham y James Longenbach. Por señalarme la dirección en mi búsqueda de título, gracias a Meredith Kaffel. Por revisar mi búlgaro, gracias a Maria Manahova y Boian Popunkiov.

Por su lectura de los primeros y los últimos borradores, gracias a Mary Rakow, Ilya Kaminsky y Ricardo Moutinho Ferreira.

Me resulta imposible imaginarme mi vida sin Alan Pierson y Max Freeman, la familia que he elegido. Finalmente, gracias a Luis Muñoz, *por una canción largamente esperada*.